書下ろし

# 泣きぼくろ

## 便り屋お葉日月抄②

今井絵美子

祥伝社文庫

# 目次

千駄木
小石川養生所
不忍池
湯島天神
下谷広小路
浅草寺
雷門
長命寺
蔵前
小石川御門
神田川
柳橋
霞町「山源」
半蔵御門
江戸城
隅田川
北町奉行所
八丁堀
赤坂御門
深川
鉄砲洲
増上寺
品川
北
西
東
南

# 「泣きぼくろ」の舞台

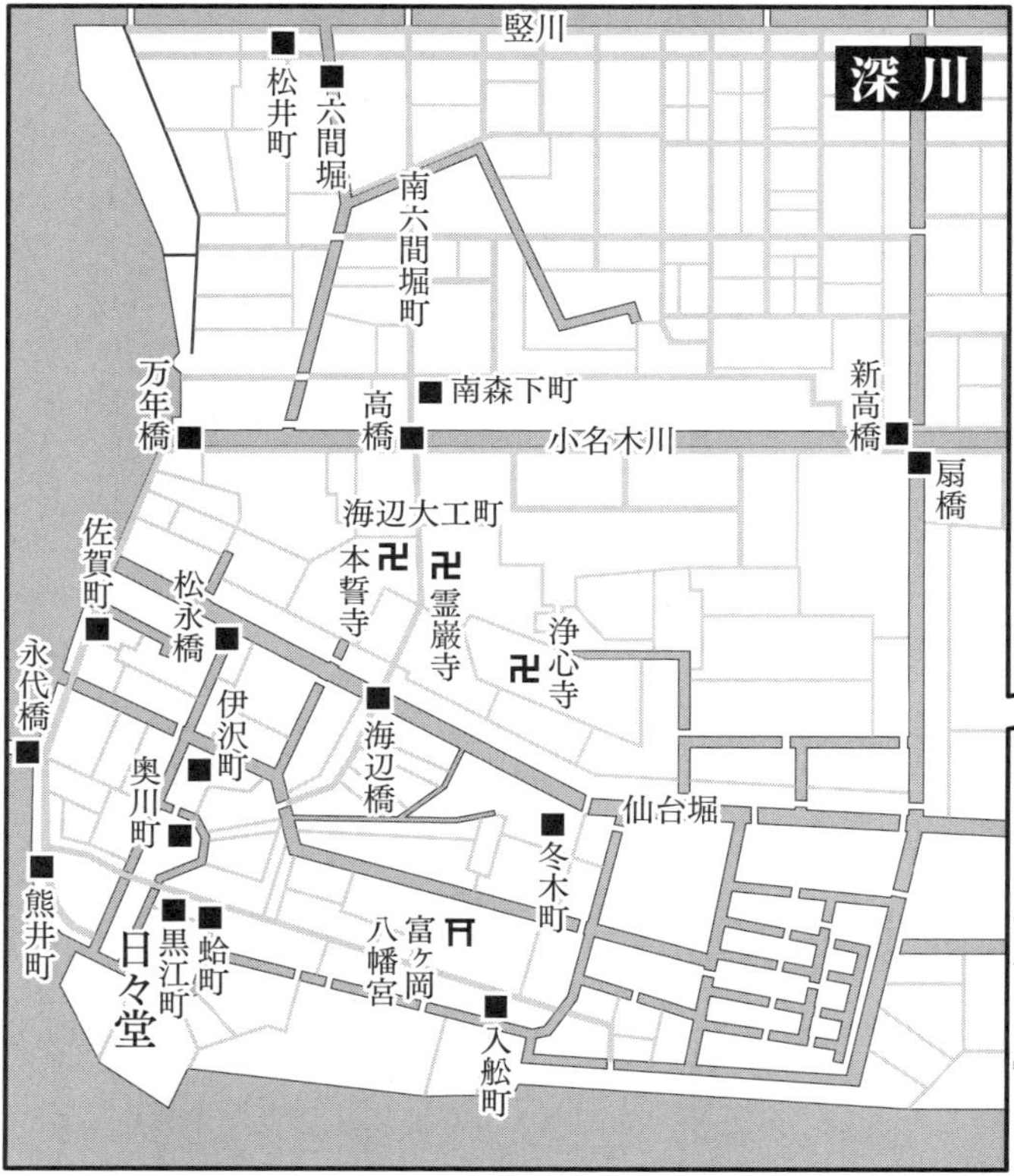

竪川
深川
松井町
六間堀
南六間堀町
万年橋
高橋
南森下町
小名木川
新高橋
扇橋
海辺大工町
本誓寺
霊巌寺
浄心寺
佐賀町
松永橋
永代橋
伊沢町
海辺橋
奥川町
仙台堀
冬木町
熊井町
黒江町
蛤町
日々堂
富ヶ岡八幡宮
入船町

地図作成／三潮社

# 刺青

お葉《よう》の身体《からだ》がぐいと蝦状《えびじよう》にくねった。

続いて、ふわりと肢体《したい》が宙に浮かび上がったかと思うと、次の瞬間、いきなり奈落《ならく》の底へと引き込まれていくような、そんな恍惚《こうこつ》とした感覚が襲ってくる。

その刹那《せつな》、身体の一部に、はっきりと甚三郎《じんざぶろう》を感じた。

甚さん、おまえ……。

そう思った瞬間、はっと我《われ》に返った。

目を開けるまでもなく夢を見たのだと悟《さと》ったが、身体の端々《はしばし》に陶然《とうぜん》とした気怠《けだる》さが未《いま》だ残っている。

お葉はその耽美《たんび》な余韻《よいん》に酔い痴《し》れながら、ふっと片頬《かたほお》を弛《ゆる》めた。

昼間、山源《やまげん》から来た飛脚《ひきやく》の腕に下り竜《りゆう》の刺青《いれずみ》を見たので、それが原因《もと》で、久々に甚三郎の夢を見たのであろう。

深川《ふかがわ》という場所柄、刺青を目にするのはさほど珍しいことではなかったが、何故《なぜ》か、男の肩から肘《ひじ》へと下る竜を見て、お葉の心がざわめいた。

甚三郎の背中一面に彫られた毘沙門天《びしやもんてん》が、ありありと眼窩《がんか》に浮き上がってきたのである。

だが、毘沙門天とは凡《およ》そ比ぶべくもない下り竜だというのに、何故……。

お葉は戸惑い、ふと過《よ》ぎったとっけもないない邪念《じやねん》を振り払った。

が、あれはやはり、甚三郎が今宵来ることの予兆《よちよう》だったのである。

お葉にしか解《わか》らない方法で傍《そば》に来たことを知らせ、それが証拠に、こうして身体の端々に痕跡《こんせき》を残していったのであるから……。

おまえさん……。

お葉は喉《のど》の奥で小さく呟《つぶや》き、そっと目を開けた。

寝屋の明かり取りから白々とした光が射し込み、隣で眠る清太郎《せいたろう》の寝顔がはっきりと見て取れた。

お葉はハッと身を起こす。

何刻《なんどき》なのだろう……。

そう思い、床着《とこぎ》の上から猿子《さるこ》（袖なし羽織《ばおり》）を羽織ると、計《はか》ったように裏通りから納豆《なつとう》売りの声が聞こえてきた。

ということは、とっくに六つ（午前六時）を廻っちまったてことかえ！

お葉は慌てて、銚子縮《ちようしちぢみ》に昼夜帯《ちゆうやおび》を締《し》めると、厨《くりや》へと急いだ。

案の定、厨ではおはまが陣頭指揮を執《と》り、お端下《はした》たちが朝餉《あさげ》の仕度に大わらわであった。

「済まないね。寝忘れちまったよ。今、何刻かえ？」

お葉がそう言うと、味噌汁《みそしる》をかき混ぜていたおはまが振り返り、おやっと首を傾《かし》げる。

「まだ六ツ半（午前七時）を廻ったばかりですけど、女将《おかみ》さん、どうかなさいました？」

「どうかって……。寝忘れちまったと言っただろ？　嫌だよ、おはま。そんな顔をしちゃって……。あたし、なんか妙かえ？」

おはまに瞠《みつ》められ、お葉はさっと帯に手を当てた。

「いえ、妙っていうわけじゃないんだけど、今朝の女将さん、やけにじょなめいて見えるものだから……。けど、化粧をなさってるわけでもないし、着物だって、いつもの常着《つねぎ》ですよね？　ははァん、さては、よっぽど昨夜の夢見が良かったとみえますね！」

お葉は挙措《きよそ》を失った。

「じょなめいてるだなんて、朝っぱらから、てんごう言ってるんじゃないよ！」

おはまが首を竦《すく》める。

お葉はきりりと襷《たすき》を廻した。

「じゃ、あたしも何か手伝おうかね」

「あら、女将さんはいいんですよ。朝餉の仕度は粗方《あらかた》終わりましたから、女将さんは顔を洗ったり、そうですね、そろそろ清太郎坊っちゃんを起こして下さいな。これ、おさと、何遍言ったら解るんだい！　ご飯をお櫃《ひつ》に移す前に、まず、やることがあるだろう？　神さまや仏さまが一等最初。仏壇や神棚《かみだな》にお供《そな》えして、それから、人間さまの口に入るように、お櫃に移す。おまえ、ここに来て、そろそろ三年になろうとするのに、まだ、そんなことも解らないのかい！」

おはまがお端下のおさとに向かって、甲張《かんば》った声を張り上げる。

「おはま、朝っぱらからそうギャアギャア鳴り立てるもんじゃないの。じゃ、神仏にはあたしが供えるから、おさと、用意をしておくれ」

そう言うと、お葉はお供え用の茶の仕度を始めた。

余程のことがない限り、朝のお供えはお葉自《みずか》らが務めることにしている。

家人や使用人が食事をする前に、まず、神仏にご飯とお茶を供え、そうして便り屋の仕事に就《つ》く前にもう一度、今度は、商売繁盛、家内安全を願って念仏を唱《とな》え、手を合わせるのである。

全《すべ》てが亡くなった甚三郎から教えられたことであったが、現在《いま》では、日課の一つとして、すっかりお葉の身についている。

お葉は神棚に向かって、ぽんぽんと柏手《かしわで》を打ち、続いて、仏間へと入って行くと、蠟燭《ろうそく》や線香に火を点《とも》し、手を合わせた。

おまえさん、あっち、嬉《うれ》しかったえ……。

だって、約束通り、逢《あ》いに来てくれたんだもんね……。

言葉に出さずそう呟くと、ぽっと、お葉の胸が熱くなった。

お葉が喜久治《きくじ》と名乗り、自前の辰巳芸者《たつみげいしゃ》を張っていた頃のことである。

甚三郎と鰯《いわし》煮た鍋《なべ》（離れがたい関係）となって、三年……。

幸せの中に身を浸《ひた》し、夢見心地に甚三郎の胸に抱かれながらも、ときとして、幸せすぎることが逆に怖くなったこともある。

「あっち、こんなに幸せでいいんだろうか……。あんまし幸せすぎて、今に罰《ばち》が当たるんじゃないかと思ってさ。甚さん、何があっても、あっちを離しちゃ嫌だよ！　あっち、おまえがいつか離れていくのじゃないかと思ったら、怖くて怖くて、堪《たま》らない……」

そう言うと、甚三郎は嗤《わら》った。

「何を莫迦《ばか》なことを言ってるんだ。俺がおめえを離すわけがねえ……。おめえはよ、俺が惚《ほ》れて惚れて、惚れ抜いた女《おな》ごだ。何があろうと、決して、離すもんか！」

「けど、死んじゃったら、どうすんのさ！　ねっ、絶対に死なないと約束してくれるかえ？」

「このうんつくが！　やっぱ、おめえは可愛《かわい》い女ごよ。人間、生きてりゃ、いつかは死ぬ。けどよ、こんな可愛い女ごを遺《のこ》して、そうそう死ねるかよ。それによ、仮に、死ぬようなことがあったとしても、俺《おり》ヤ、おめえの傍から離れやしねえからよ。幽霊《ゆうれい》になっても、傍にへばりついてやる。だがよ、俺が七十や八十の爺《じじい》になっても、おめえ、同じことが言えるか？」

「ああ、言えるさ。甚さんが爺なら、あっちは婆《ばばあ》……。けど、仮に、はなしだよ。おまえとあっちは諸白髪《もろしらが》。万が稀《まれ》でも、仮に、なんてことがあったら、あっちは許さない！　幽霊になったんじゃ、あっちを抱くことが出来ないじゃないか！」

「心配《しんぺえ》するな。幽霊になっても、ちゃんとおめえを抱いてやるからよ」

「ぜっぴだね？　約束だよ！」

私語《ささめごと》（睦言《むつごと》）に、そんな会話を交わしたことがある。

　そのときは、まさか、所帯を持って半年ほどで、甚三郎がこの世を去るとは思ってもいなかった。

　甚三郎が亡くなって、一年……。

　今までは、便り屋日々堂《にちにちどう》と清太郎を護《まも》ることに懸命《けんめい》で、甚三郎の肌を恋しいと思う余裕《ゆとり》もなかったが、一周忌を終え、女主人《おんなあるじ》としての立場に馴染《なじ》んだ現在《いま》、ふっと出来た心の空隙《くうげき》を埋めるかのように、甚三郎がお葉の中の女ごの部分を目ざましにやって来たのである。

　おめえよ、ぎすぎすした顔になっちゃいねえか？

　女主人だなんていっても、突っ張るんじゃやねえ。

　おめえは日々堂の主人である前《めえ》に、俺の惚れたお葉なんだぜ。

　清太郎のためにも、おめえはいつまでも若々しく、仏性《ほとけしよう》のおっかさんでいてくれよ……。

　なんだか、仏壇の中から、そんな声が聞こえたように思った。

　あいよ！　おまえさん、解ったよ……。

　そう胸の内で呟くと、その途端、清太郎を起こすのを忘れていたことに気がついた。

　いけない！

　ご免よ、おまえさん、また後からね……。

お葉はもう一度位牌《いはい》に手を合わせ、寝屋へと急いだ。

「やれ、重陽《ちようよう》（九月九日）が終わったかと思うと、もう後《のち》の月かよ。歳《とし》を取ったせいか、此《こ》の中《じゆう》、月日の経《た》つのが早くて敵《かな》わねえ……」

朝餉を済ませ、神棚の前までやって来た宰領《さいりよう》の正蔵《しようぞう》が、誰に言うともなく、独《ひと》りごちた。

「何言ってんだよ！　今年は寅年《とらどし》で八幡祭《はちまんさい》がないもんで、なんだか、月日までが間延《まの》びしちまったようで、ピリリとしねえなんて零《こぼ》していたのは、どこのどいつでしたかね！」

薬罐《やかん》を手に厨から入って来たおはまが、正蔵をちらと見詘《みかじ》り、ひょっくら返す。

おはまはそのまま茶の間に入って行くと、長火鉢《ながひばち》にかけた鉄瓶《てつびん》に薬罐の湯を注いだ。

正蔵も蕗味噌《ふき》を嘗《な》めたような顔をして、おはまの後に続く。

「ああ、確かに言ったさ。そりゃそうだろう？　八幡祭のある年は十五夜と重なって、深川中が浮かれ立つ……。まっ、言ってみりゃ、一年を通じて、深川が最《もつと》も活気づくときでよ。その勢いに乗って、重陽、後の月と、ぽんぽんと続いてみな？　ちんたらしている間なんてねえからよ。だからよ、月日が経つのが早《はえ》ェと言ったのは、別に繰言《くりごと》じゃなくて……」

「じゃ、なんなのさ！」

「………」

おはまの速攻《そつこう》に、正蔵はおたおたするばかりで、返す言葉もない。

「ちょいと、お二人さん。そこら辺《あた》りにしておきな！　正蔵、今、茶を淹《い》れるから、見世《みせ》に出る前に飲んでくといいよ」

お葉に言われ、正蔵がへいと長火鉢の傍に寄って来る。

それを見て、おはまが厨に引き返そうとする。

「おはま、おまえさんもだ。いいから、お坐《すわ》り」

お葉は言いながらも茶筒《ちやづつ》の蓋《ふた》を開け、山吹《やまぶき》を急須《きゆうす》に移す。

どうやら、お葉は二人に話があるようである。

おはまもそう感じたのか、物怖《ものお》じしたように、上目遣《うわめづか》いにお葉を窺《うかが》った。

「なんだえ、そんな顔をしちゃって……。別に、取って食おうというんじゃない。いえね、実は、おちょうのことなんだけどさ。昨日、友七《ともしち》親分が妙なところでおちょうを見たというもんでね」

お葉が湯呑《ゆのみ》に茶を注《つ》ぐと、お上がり、と二人に目まじする。

「妙なところとは……」

正蔵が訝《いぶか》しそうな顔をすると、おはまが身を乗り出した。

「まさか、色街《いろまち》でってんじゃないでしょうね！」

お葉は困《こう》じ果てたように、目で頷《うなず》いた。

「あの娘《こ》、裾継《すそつぎ》の裏茶屋《うらぢゃや》から、逃げるように飛び出して来たというのよ。ああ、おはま、そんな顔をするもんじゃない！　それがさ、六ツ半（午後七時）頃のことでね、親分の前を風を切るようにして駆け抜けたそうでさ。親分はちらと見た横顔で、おちょうじゃねえかと思ったそうなんだが、あたし、その話を聞いても、なんだか信じられなくてさ……。裾継なんて、夜分《やぶん》、二十歳《はたち》の娘が行くところじゃないだろ？　それで、夜目《よめ》でもあるし、見間違えじゃないのかえって言ってやったんだ。けど、親分が言うには、その娘《こ》、甕《かめ》のぞき地に井桁《いげた》と十字《じゆうじ》の絣模様《かすりもよう》の入った着物に、茜《あかね》と黒の昼夜帯を締めてたというじゃないか……。それって、此の中、おちょうが身に着《つ》けていたものだからね。それに、甕のぞき地の着物は、派手《はで》になったからって、あたしがおちょうにやったものだ。親分もそのことを憶《おぼ》えていたもんだから、あれはやはり、おちょうに違《ちげ》ェねえって……」

「けど、身に着けていたものが似ているからって……。甕のぞき地に井桁と十字の絣模様ったって、同じような着物を着た娘なんて、江戸にはごまんといるさ！　おちょうとは限らないじゃないか」

おはまが不安の色を隠そうともせず、恨《うら》めしげにお葉を見る。

「確かに、似たような着物を着た娘が他にもいるかもしれない。けどさ、親分は横顔も見たんだよ。横顔でまさかと思い、着物と帯でおちょうと確信したというのだもの……。親分もまだそこまで焼廻《やきまわ》っちゃいないだろうから、あたしも信じないわけにはいかなくってさ」

お葉が太息《ふといき》を吐《つ》く。

「で、親分はなんて？」

流石《さすが》は、甲羅《こうら》を経《へ》た正蔵である。

すっかり動揺してしまったおはまを目で制すと、ずばりと正鵠《せいこく》を射《い》た。

「それがさ、追いかけようとしたらしいのだが、人溜《ひとだまり》に紛《まぎ》れて、あっという間に、姿を消しちまったんだってさ。というより、親分も取り乱したおちょうの様子に、深追いするのを止《よ》したのだと思うよ。何しろ、場所が場所だろ？　夜分、地娘《じむすめ》が出入りするような場所ではないというのに、岡っ引きが追いかけたとなっちゃ、おちょうの顔に泥《どろ》を塗《ぬ》ることになりかねないからね。それで、暫《しばら》く笹雪《ささゆき》って裏茶屋の前に佇《たたず》んでいたそうなんだよ。裏茶屋なんて、若い娘が一人で行くところじゃないからね。おちょうが一人で飛び出して来たということは、連衆《つれし》がまだ中にいる……。そう読んだのさ。案の定、四半刻《しはんとき》（三十分）もしないうちに、男が一人で出て来た」

お葉はそこまで言うと、改まったように、正蔵を凝視《ぎょうし》した。

「誰だったと思う？」

「…………」

「…………」

正蔵とおはまが顔を見合わせ、同時に、首を振った。

「いや、一向《いっこう》に、見当がつかねえが……」

「驚くんじゃないよ。それがさ、角造《かくぞう》だったのさ」

「角造って、旦那に後足《あとあし》で砂をかけた、あの？　まさか……。だって、現在《いま》、あいつは山源の……」

「あの人畜生《にんちくしょう》が！　じゃ、角造がおちょうを手込《てご》めにしたとでも……」

正蔵が唖然《あぜん》としたような顔をし、おはまが甲張った声を張り上げる。

お葉はふうと肩息《かたいき》を吐くと、続けた。

「角造は親分の顔を見て、ばつの悪そうな顔をしたそうだが、親分が、たった今ここから日々堂のおちょうが逃げるようにして出て行ったが、まさか、おめえが連れ込んだのじゃあるめえなと詰め寄ると、最初《はじめ》はのらりくらりとひょうらかしていたけど、突如、穴《けつ》を捲《めく》ったというのよ。俺がおちょうに何をしようが、四の五も食わねえ！　文句を言うのなら、おちょうに言ってくれ、びたくさ纏《まと》わりついてきたのは、おちょうなんだからって、なんとまあ、そんなふうに開き直ったというじゃないか……。角造にこうまで言われたんじゃ、親分には手も脚《あし》も出ない。角造の言うことがどこまで真実かどうかは解らないが、色は思案の外《ほか》、恋は仕勝《しがち》というからね。正《まさ》な話、おちょうが角造をどう思っているのか、腹を質《ただ》してみるより他に方法がないからさ……。そこで、親分は頭を抱えたのさ。おちょうの腹を質すといっても、二十歳の娘を摑《つか》まえて、どう切り出してよいのか解らない……。かといって、いきなり、親のおまえたちに訊《き》くといってもね……。それで、あたしからおまえたちに伝えてくれってことなんだが、あたしも弱っちまってね。このあたしだって青天の霹靂《へきれき》だというのに、おまえたちがこの話を聞いて、どう思うだろうかと……」

「嘘に決まってますよ！　女将さん、角造の話を信じるっていうのですか。あの男、これまでだって、さんざっぱら万八《まんぱち》（嘘）を吐いて、真《まこと》のことなんて言った例《ためし》がないじゃないですか！」

おはまが金切り声を上げる。

「だがよ、おちょうが笹雪という見世から逃げるようにして出て来たことや、その後から、角造が出て来たことは、事実だからよ。やはり、おちょうを質してみるよりしようがあるめえ……」

正蔵が思案投げ首に腕を組む。

「何言ってんのさ！　おちょうは逃げるようにして出て来たんだよ。無理矢理、手込めにされかけたからじゃないか！　おちょうは親に隠れて裏茶屋這入《ばいり》をするような娘じゃないんだ。それは、親のあたしが一番よく知っている」

「おはま、止せ！　俺だって、おちょうのことは信じたい。だがよ、餓鬼《がき》だ、餓鬼だと思っていたおちょうも、今や、二十歳だ。親の知らねえところで大人になったとしても、不思議はねえからよ。真のことは、おちょうに訊いてみるよりしょうがあるめえ」

「おまえさん、よくそんな冷たいことが言えるね。親の知らねえところで大人になっただなんて！　やっぱ、おまえさんはおちょうの父親《てておや》じゃないんだ。他人だと思って、そんな冷たいことが言えるんだよ！　けど、あたしは違う！　おちょうは腹を痛めたあたしの娘だ。あたしは誰がなんと言おうと、あの娘《こ》を信じているからね」

「俺だって、信じてるさ。だが、信じていても、思い通りにならねえのが、人の世……」

ギャア、とおはまが畳に突っ伏す。

「酷《ひど》いじゃないか！　頑是《がんぜ》ない頃からおまえさんのことを、おとっつァん、おとっつァん、と慕《した》ったあの娘《こ》を摑まえ、思い通りにならねえのが、人の世だなんて……。あたしゃ、何が哀《かな》しいって、おまえさんが心の中でおちょうを余所者《よそもの》のように思っていたと知ったことほど、哀しいことはない。これじゃ、おちょうがあんまりにも不憫《ふびん》じゃないか！」

おはまが畳に拳《こぶし》を叩きつけ、泣き叫ぶ。

正蔵は狐《きつね》につままれたように、あんぐりと口を開いた。

「一体《いってえ》、どうして、こうなるんでェ……」

お葉がおはまを抱え起こし、ほら、泣くのはお止し、と背中を擦《さす》ってやる。

「済まなかったね。あたしも焼廻っちまったもんだ。おまえたちに話すと、こうなることくらい解っていたのにさ……。あい、解った。この件は、あたしに委《まか》せてもらおうじゃないか。おちょうと二人だけで話してみるよ。親のおまえたちには言えないことも、あたしにになら言えるかもしれないしさ。いいね、それまで、直接、おちょうを質すんじゃないよ」

「…………」

「…………」

短い沈黙の後、正蔵が、へい、と頷く。

「解りやした。全て、女将さんにお委せしやす」

おはまも観念《かんねん》したかのように、こくりと頷いた。

ところがその頃、おちょうがお端下たちにどこに行くとも告げず、厨から姿を消してしまっていたのである。

「おちょう、ろくすっぽう朝餉も食べていないんだって?」

お葉は訝しそうに首を傾げた。

常なら、お端下に混じって朝餉の片づけを済ませ、丁度今頃、お針の稽古《けいこ》へと出掛けて行く。

「じゃ、あの娘《こ》、後片づけも助《す》けないで、伊沢町《いざわちょう》に行っちまったというのかえ？　まっ、なんて娘なんだろう！」

おはまが気を苛《いら》ったように鳴り立てると、お端下たちは自分が叱られているとでも思ったのか、雁首《がんくび》を揃《そろ》えて潮垂《しおた》れた。

「それが……。伊沢町に行ったのかどうか判《わか》らないんだけど、ふいっと姿を消しちまって……。今朝のおちょうちゃん、どこかしら元気がなくって……。話しかけても上《うわ》の空で、あたし、今日はまだひと言もおちょうちゃんの声を聞いていないんですよ」

おつなというお端下が弁解すると、他の女ごたちも相槌《あいづち》を打つ。

そう言えば……、とおはまの胸がじくりと疼《うず》いた。

言われてみれば、自分も今日はおちょうの声をまだ聞いていないように思うのである。

昨夜、おはまが裏店《うらだな》に戻ったのは、厨の後片づけや朝餉の仕込みを済ませた後だったので、確か、五ツ半（午後九時）近くだったように思う。

そのとき、おちょうは既に床に就いていた。

いつもは、おちょうは四ツ（午後十時）にならないと寝屋に入らない。

それで、やけに早いな、と思うには思ったのだが、疲れているんだろう、誰だって、たまにはそういうことがあるもんさ、と言う正蔵の言葉に、おはまも別に気に留《と》めず、眠りに就いてしまったのである。

が、一夜明け、眠りが足りているはずのおちょうが、やけに物憂《ものう》い顔をしていたのが、ちらと心に引っかかった。

「どうしたえ、無愛想《ぶあいそう》な顔をしちゃってさ！　朝は一日の始まり。今からそんな顔をしてたんじゃ、今日一日、瞑《くら》い顔で過ごさなきゃならないよ。さあさ、顔を洗って、しゃきっとしな！　おまえがそんなんじゃ、他の女衆《おなごし》に示しがつかないんだからね」

おはまはぽんぽんと鳴り立てると、日々堂へと出掛けて行った。

ところが、日々堂に来てみると、それこそ、朝は猫の手も借りたいほどの忙しさで、おはまは怱忙《そうぼう》に汲々《きゆうきゆう》としてしまい、おちょうにかまけている余裕がなかった。

が、それでも、てきぱきとお端下たちに指示を与えながら、時折、ちらとおちょうを目の端に捉《とら》え、常よりどこかしら動作が緩慢《かんまん》に思ったのであるが、取り立てて問題にするほどのこともないと、高を括《くく》ったのである。

だが、今にして思えば、裾継の裏茶屋から、逃げるように飛び出して来たという友七親分の言葉が、全く以《もっ》て、現実味を帯《お》びてくる。

ああ、あたしはなんてことを……。

母親なら、夕べのうちに、我が娘《こ》の異常に気づいていてもよいはずである。

「女将さん、あたし、今からお針のお師《し》さんのところに行って来てもいいですか？」

おはまがお葉を窺う。

「行って、どうするってのさ」

「ええ、ですから、ちゃんとあの娘が伊沢町に行っているかどうか、確かめるんですよ」

「だから、確かめて、それでどうするのさ」

「…………」

「おまえ、おちょうのことはあたしに委せたんじゃなかったのかえ？　とにかく、昼まで待ってみようよ。昼餉《ひるげ》には戻って来るだろうから……。昼までに戻らないようなら、そこで初めて手立てを考えればよいことだろう？」

お葉はおはまを宥《なだ》めると、何事かと横目に窺う女衆に向かって、ポンポンと手を叩く。

「さあさあ、手を休めるんじゃないの！　おまえたちにはやることがあるだろう？　時は待っちゃくれないよ！」

そう檄《げき》を飛ばすと、続いて、おはまに耳打ちする。

「いいかえ、おまえは女衆に悟られないように、平然としていることだ。いいね？」

おはまは強張《こわば》った頬《ほお》を弛め、引き攣《つ》った笑《え》みを浮かべた。

嫌々ながら頬に貼《は》りつけた、その覚束《おぼつか》ない笑み……。

お葉もまた、じわじわと襲ってくる危惧《きぐ》の念に、居たたまれない想《おも》いでいたのだった。

が、極力、お葉は後生楽《ごしょうらく》に考えようと思った。

昼になれば、何もかもが杞憂《きゆう》に終わり、きっと、おちょうはけろりとした顔をして、戻って来る。

そう思うように努《つと》めた。

ところが、見世の男衆《おとこし》の昼餉が終わり、勝手方の中食《ちゅうじき》が終わっても、おちょうは戻って来なかった。

こうなると、もう泰然《たいぜん》と構えてはいられない。

お葉は茶の間に正蔵とおはまを呼ぶと、蛤町《はまぐりちょう》の友七親分に知らせるつもりだが、いいね？　と胸の内を打ち明けた。

　すると、中食を終え、清太郎と剣術の稽古に出かけようとしていた、戸田龍之介《とだりゅうのすけ》が慌てたように引き返して来た。

「やはり、何かあるのですね？　いや、いつもは俺が中食を呼ばれに来ると、必ず、挨拶《あいさつ》に出て来るおちょうちゃんが、今日は姿を見せないものだから……。実は、道場からこちらに廻って来たのだが、高橋《たかばし》を渡ったところで、おちょうちゃんらしき娘を見かけてね。おやっ、今時分、どうしてこんなところに……、と怪訝《けげん》に思って……」

　龍之介が気遣《きづか》わしそうに、お葉を見る。

「なんだって！　おちょうが小名木川《おなぎがわ》にいたって？　一体《いってえ》、どうして……」

　正蔵が慌てて龍之介の傍に寄って来る。

「戸田さま、確かに、うちのおちょうだったんですね？　だったら、何故、声をかけて下さらなかったのですか！」

　おはまも気を苛ったように、龍之介に詰め寄ってくる。

「ちょ、ちょい待った……。俺には何があったのか、いまいち摑めていないのだが……。ということは、やはり、おちょうちゃんに何かあったのだね？」

「申し訳ありませんが、現在《いま》、戸田さまに詳しい事情を説明する余裕がありませんのでね。それで、おちょうは一人で？　どっちに向かって行こうとしていました？」

今度は、お葉が龍之介に詰め寄る。

「ああ、連れがあるようには見えなかったが……。何しろ、脇目もふらずに、ひたすら前を見て、高橋を北へと渡って行ったからね。声をかけようにも、とてもそんな雰囲気ではなかった」

「高橋を北へといえば、その先は、本所《ほんじょ》……。あいつ、一体《いってえ》、どこに行こうってんだ。おっ、おはま、心当たりはねえのかよ」

正蔵に言われて、おはまはとほんとした顔をする。

おちょうの行動範囲は、大横川《おおよこかわ》の西から仙台堀《せんだいぼり》の南、つまり、深川も南西の地域に限られていて、遠出といえば、せいぜい、日々堂甚三郎の眠る本誓寺《ほんせいじ》への墓参といってもよいだろう。

そのおちょうが小名木川を渡って、北に行ったとは……。

おはまには全《まった》く心当たりがなかった。

「とにかく、ここで四の五の言ったたって始まらない！　あたしが高橋付近を捜《さが》してみるから、正蔵、おまえは友七親分に知らせておくれ。いいね、知らせたら、すぐさま見世に戻って、平常通りに仕事を続けるんだよ。勿論、おはまもだ。こんなときだからこそ、正蔵が見世を、おはまが内方《うちかた》をしっかと束《たば》ねてくれなきゃならないのだからね！」

お葉が競口《きおいぐち》にそう言うと、龍之介が、では、俺がお供を、と申し出る。

「えっ、先生も行っちゃうの！　じゃ、やっとうの稽古は？」

どうやら、清太郎には、大人たちの会話が理解できていないと見え、不服そうに頰をぷっと膨《ふく》らませた。

「そうですよ。戸田さままで来られることはありません。どうか、皆、平常通りに……。おちょうのためにも、無論、日々堂のためにも、それが最善と思って、ここは、あたしと親分に委せて下さいな」

お葉はそう言うと、清太郎の肩にそっと手を置いた。

「さあ、剣術の稽古に行っといで！　帰ったら、今日はどこまで上達したか、おっかさんにたんと話しておくれ」

「うん。おいら、上達する！　おっかさんに、いっぱい、いっぱい、話してやるからよ」

清太郎が涼やかに答え、張り詰めた皆の心が、ほんの束の間、ほっと和《な》いだように思えた。

日々堂を出ると、幸い、一の鳥居《とりい》の手前で、辻駕籠《つじかご》が客待ちしているのが目に入った。

「高橋まで急いでおくれでないか」

お葉はそう言うと、早道《はやみち》（小銭入れ）から小白《こじろ》（一朱銀）を一枚摘《つま》み出す。

「酒手《さかて》だよ。とにかく、急いどくれ」

六尺《ろくしやく》は、へっ、こりゃどうも、と首を竦め、お葉を駕籠に乗せるや、全速力で駆け出した。

が、片側の簾《すだれ》を上げているので、現在《いま》どの辺りを走っているのかまでは確認できるのだが、駕籠が揺れるため、紐《ひも》に摑まっているのが筒一杯《つついっぱい》で、とても道行く人の顔までは見て取れない。

しかも悪いことに、海辺橋《うみべばし》を渡って霊巌寺《れいがんじ》に近づくと、もう陽が翳《かげ》りかけてきた。

秋の日は釣瓶《つるべ》落としというが、すると、七ツ（午後四時）近くになるのだろうか……。

「お客さん、高橋を渡りやすか？　それとも、手前で？」

先棒《さきぼう》が声をかけてくる。

流石である。息ひとつ上がっていない。

お葉は迷わず、渡ったところで降ろしておくれ、と答えた。

「へい、着きやしたぜ」

「ご苦労だったね」

駕籠を降り、駕籠賃として小白をもう一枚、早道から摘み出す。

先棒ばかりか後棒《あとぼう》までが、満面《まんめん》に世辞《せじ》笑《わら》いを浮かべて、ぺこぺこと飛蝗《ばった》のように腰を折った。

通常、日本橋辺りから新吉原大門《しんよしわらおおもん》までの駕籠賃が二朱……。

それが、門前仲町《もんぜんなかちよう》から高橋までで二朱ときたのだから、これはもう、七割方が酒手と思ってもよいだろう。

だが、一刻を争うお葉には、そんなことは構っていられない。

六尺たちは、はァん、ほ、はァん、ほ、と掛け声をかけて高橋を南へと引き返して行った。

高橋の北詰は、右手に太田摂津守《おおたせっつのかみ》の屋敷が広がり、左手が常盤町《ときわちよう》……。

はて、これからどうしたものだろう……。

お葉が途方《とほう》に暮れ、通りを見回したときである。

覚束ない足取りで、南森下町《みなみもりしたちょう》のほうから俯《うつむ》き加減に歩いて来る、おちょうの姿を目に捉えた。

「おちょう！」

お葉が足早におちょうの傍に寄って行く。

おちょうは鳩が豆鉄砲《まめでっぽう》を食ったかのように、あっと目を瞠《みは》った。

「女将さん、どうして、ここに……」

「どうしてもこうしてもないさ。おまえが黙っていなくなるものだから、皆して心配してたんだよ。一体、どこに行ってたのさ」

「どこにって……。あたし……、あたし、おとっつァんに逢いに……。でも、逢えなかった……」

お葉はえっと耳を疑った。

一体、おちょうは何を言っているのだろうか……。

そんな戸惑いに、お葉の胸がざわりと揺れたときである。

おちょうが言いづらそうに口を開いた。

「日々堂にいるおとっつァんじゃないの。あたしの本当のおとっつァん……。あたし、角造さんから聞いたの。あたしの本当のおとっつァんが北森下町《きたもりしたちよう》にいるって……」

やはり……。

おちょうは消え入りそうな声で呟くと、項垂《うなだ》れた。

ようやく、これで話が繋《つな》がった。

「角造って、先にうちにいた、あの角造のことなんだね?」

おちょうが怯《ひる》んだような目をして頷いた。

あの角造が絡《から》んでいるのである。となると、これは、とても立ち話で済むようなことではない。

ましてや、おちょうは実の父親に逢いに行ったというのである。

お葉には雲を摑むような話だが、どうやら、話はますます複雑になってきた感じである。

「おちょう、おまえ、中食は食ったのかえ? そう、まだなんだね。おまえ、朝餉もろくすっぽう食べなかったというし、それじゃ、空腹《からはら》だろう。この近くにね、知己《ちき》の茶飯屋《ちやめしや》があるんだ。ねっ、そこに行こうよ。まずは、腹に何か詰めて、それから、おまえの話を聞こうじゃないか」

お葉はそう言うと、気後《きおく》れしたように面伏《おもぶ》せるおちょうを促《うなが》し、常盤町三丁目の茶飯屋へと廻った。

茶飯屋菜《な》の花《はな》は、小名木川沿いにある。

一階の土間は長飯台《ながはんだい》に樽席《たるせき》といった設《しつら》えで、二階に六畳の座敷が二つの小体《こてい》な見世だが、茶飯の他にも田楽《でんがく》が美味《うま》いと評判で、時分時《じぶんどき》には土間席ばかりか、二階までが満席となる。

が、現在《いま》は夕餉《ゆうげ》には幾分間があるとあってか、土間席に担《にな》い売りらしき男が一人いるきりで、菜の花の女将が言うには、二階に至っては閑古鳥《かんこどり》が鳴いているという。

「喜久治さん、まあ、すっかりお見限りで……。大店《おおだな》の主人《あるじ》となられたのですもの、うちみたいな見世にはもうおいでにならないだろうと僻《ひが》んでいましたが、よく、まあ……。そうだ、喜久治さんなんて、馴《な》れ馴れしく呼んじゃいけなかったんですよね。現在《いま》じゃ、便り屋日々堂の女主人なのですものね。えっ、二階の座敷を？　ええ、ええ、ようござんすよ。心置きなく、使って下さいまし。何しろ、閑古鳥が鳴いている始末ですからね」

「少し込み入った話があるんでね。だが、その前に、この娘《こ》に何か食べさせておくれでないか。茶飯の他に、そうさね、田楽を適当に見繕《みつくろ》ってもらおうかね」

「茶飯は一人前で？　喜久治さん、お酒は？　あら、嫌だ。また、喜久治さんと呼んじまったよ」

「いいんだよ、それで。あたしの名はお葉……。けど、心は現在《いま》も喜久治のままだからね。いや、今日はお酒は止しとくよ。真っ昼間《ぴるま》から酒を食らってたんじゃ、見世の者に示しがつかないからね。お茶けで我慢《がまん》しておくよ」

「まっ、てんごうを言って！　銚子《ちょうし》の一本や二本じゃ、びくりともしないおまえさんが……。けど、込み入った話があるのなら、お茶けにしましょうね」

菜の花の女将は四十路《よそじ》もつれだが、なかなかのぼっとり者で、笑顔が福々《ふくぶく》しい。

「ああ、それから、紙と矢立《やたて》を貸してもらえないだろうかね。見世に伝えたいことがあってね。それで、誰か遣《つか》いに走ってくれると助かるんだが……」

「ええ、構いませんことよ。丁度、現在《いま》は手隙《てすき》でしてね。どうぞ、遣ってやって下さいまし」

女将は愛想の良い笑顔を残し、一旦、紙と矢立を取りに奥に入ると、盆に茶の仕度をして、戻って来た。

お葉がさらさらと筆を走らせる。

「まあ、随分と達筆《たっぴつ》になられましたこと！　やはり、日々堂の女将ともなると、違いますね」

菜の花の女将が半畳《はんじょう》を入れる。

「莫迦を言ってるんじゃないよ。筆を持つたびに、冷や汗ものでね。なんとか、ここまで書けるようになったけど、現在《いま》でも、清太郎が手習の復習《おさらい》をする傍《かたわ》らで、あたしも負けじと懸命なのだからね。さあ、出来た。こちらはうちの宰領に、そして、こちらを蛤町の親分に……。蛤町まで行くのが面倒なら、二通とも、宰領に渡してくれてもいいが、必ず、蛤町の親分に届けてくれと伝えて下さいな。これは、見世の衆への駄賃《だちん》です。遣い立てするようで片腹が痛いが、今日ばかしは勘弁《かんべん》して下さいな。必ず、いつかお返しするから、拝《おが》みんす！」

お葉が手を合わせる。

「あい、承知！　じゃ、料理を運んだら、邪魔《じゃま》はしませんので、ゆっくり話をして下さいな」

女将はふわりとした笑みを残すと、去って行った。

「どうだえ、良い見世だろ？　ここはあたしが一本になった頃からの馴染《なじ》みでね。おまえを連れて来たのは、茶飯や田楽が美味いからだけじゃない。ここなら、誰にも邪魔をされずに、ゆっくり話が出来ると思ったからなんだ。安心しな、正蔵宛《あ》ての文には、おまえが無事に見つかったことと、少し話をして帰るので心配しないようにと書いただけで、それ以上のことは書いていないからね。友七親分に宛てた文には、おまえとあたしが菜の花にいると書いた……。というのも、夕べ、おまえが裾継の笹雪という見世から出て来たところを、たまたま親分が目にしてね。親分はおまえの後から角造が出て来たことまで確かめた……。つまり、おまえと角造が一緒だったことを知り、心《しん》から心配してるんだよ。だから、なんでも、友七親分には知らせなきゃならなくてね。理が聞こえないようなことだけは、しちゃならないからね」

お葉はおちょうの目を見据《みす》え、諄々《じゅんじゅん》と諭《さと》した。

「はい、解っています」

おちょうがこくりと頷く。

丁度、そこに、女将が小女《こおんな》を伴《ともな》い、入って来た。

「はい、お待ち！　茶飯に田楽。熱いうちにお上がり下さいな」

女将は配膳を済ませると、

「ご用があれば、階下に向かって手を叩いて下さいまし。大丈夫ですよ。今宵は他の客を二階に上げさせません。ですから、どうぞ、心置きなく……」

と耳打ちして、階段を下りて行った。

茶飯が載《の》った膳には、茶飯の他に落ち鮎《あゆ》の甘露煮《かんろに》、分葱《わけぎ》の饅《ぬた》、香の物。

そして、田楽の膳には、大皿に蒟蒻《こんにゃく》、大根、豆腐《とうふ》、ゆで卵……。

それに、なんといっても菜の花が誇るのは、胡麻《ごま》味噌、柚子《ゆず》味噌、辛子《からし》味噌、海老《えび》味噌といった、つけダレである。

熱々の田楽に、好みの味噌ダレをつけて食べる、この醍醐味《だいごみ》……。

成る口でなくても、つい、銚子へと手を伸ばしたくなる、そんな田楽であった。

「さあ、まずは腹拵《はらごしら》えだ。たんとお上がり。どれ、あたしもお相伴《しょうばん》させてもらおうかね」

お葉はおちょうを促すと、率先《そっせん》して箸《はし》を取った。


二日前、お針の稽古からの帰り道、おちょうは奥川橋《おくがわばし》近くで角造に声をかけられたという。

角造に逢うのは三年ぶりのことだった。

おちょうは角造が日々堂にいた頃に比べ、あまりにも面変《おもが》わりしているのに、ちょっと戸惑った。

元々、角造は痩《や》せぎすで、どこか陰《かげ》のある男だったが、現在《いま》は以前にも増して雲雀骨《ひばりぼね》となり、上背《うわぜい》のある身体を心持ち猫背にして、片頬に不敵《ふてき》な笑みを浮かべた姿は、どう見ても、堅気《かたぎ》の男には見えなかった。

が、警戒する心とは裏腹に、おちょうの胸は自分でも驚くほどにざわめいた。

角造は日々堂にいた頃から、何故かしら、おちょうの気懸《きが》かりな存在だったのである。

惹《ひ》かれていたといったほうがよいかもしれない。

「なんだえ、あの角造って男は！　うちの亭主や旦那の前では、いいのを言っては機嫌買《きげんか》いに懸命だが、陰に廻ると、重箱の隅をつつくようにして、他人《ひと》の欠点を論《あげつら》ってさ！　あの男の二枚舌には、どれだけ周囲《まわり》の者が振り回されたことか……。情がないんだよ、あの男には！　あたしゃ、何故、旦那があんな男を雇ってるんだか、どうしても解《げ》せないんだよ」

常々、おはまは口惜《くちお》しそうに、角造のことをそう罵《ののし》っていた。

それぱかりか、角造が日々堂は金飛脚《かねびきやく》はやらないと知っていて、客から三両を預かりそのまま雲隠《くもがく》れしたときなど、おはまは傍にいたらぶっ殺しかねないほどに、味噌を糞《くそ》に扱《こ》き下ろしたのである。

あのときばかりは、流石に甚三郎も激怒した。

二度と日々堂の敷居《しきい》を跨《また》がせないと、怒り心頭《しんとう》に発したのである。

結句、姿を晦《くら》ました角造は、その後、飛脚、口入業《くちいれぎょう》の総元締《そうもとじめ》ともいえる葭町《よしちょう》の山源に転がり込んだのだが、それからも時折、正蔵やおはまは業が煮えたように角造を扱き下ろした。

そのたびに、おちょうは自分が責められているかのように、胸を痛めたのである。

角造さんて、そんなに悪い男《ひと》じゃない……。

おちょうは誰に言うともなしに独りごち、胸の内で角造を庇《かば》い続けたのだった。

角造に惹かれていることに気づいたのは、おちょうが十六歳になった頃であろうか。

角造は暇さえあれば勝手方にやって来て、裏庭で洗い物をするお端下を相手にひょいひょいっくら返し、気が向けば力仕事に手を貸してみたり、抜け目なく、女衆の点数を稼ぐことも忘れなかった。

女衆を相手に競口を叩き、てんごうを言っては鼻柱《はなばしら》に帆《ほ》を引っかけて、角造はそれで大満足だったのである。

ところが、どうやらそれが、おはまには気に食わなかったようである。他の町小使《まちこづかい》（飛脚）が西に東にと駆けずり回っている最中《さなか》に、自分の仕事を手なずけた下《した》っ端《ぱ》に押しつけ、てめえは女衆を相手に冗談を言って味噌《みそ》気《け》になっているのだから、角造の本性を知れば、おはまでなくても鶏冠《とさか》に来る。

が、角造は小賢《こざか》しく、要領のよい男だった。

甚三郎や正蔵の前に出ると、自分ほど日々堂に貢献している男はいないといった態度を見せ、一方、弟分や女衆の前では、虎《とら》の威《い》を借りた狐のごとくに振る舞うのである。

しかも、角造が最《もつと》も狡《こす》っ辛《から》いところは、相手の我慢《がまん》も限度に来たと見るや、するりと態度を翻《ひるがえ》し、取ってつけたようにおべんちゃらを言って、相手を丸め込んでしまうことである。

それゆえ、女衆の中でも、角造を毛嫌《けぎら》いする者と、庇おうとする者との二手《ふたて》に分かれた。

それは、女ごの中に、男の持つ狡《ずる》さや弱さ、不良っぽさを許せない気持と、そんな男でも、つい庇いたくなってしまう母性愛が混在していて、そのどちらが強く出るかで、自《おの》ずと反応が変わってくるからである。

おちょうは後者であった。

まさか、十歳以上も年上の男に母性愛を擽《くすぐ》られたとは思えないが、角造の斜《しゃ》に構えたようなところや、つと全身に漂う翳《かげ》に引きつけられたのである。

そうなると、角造の狡さや弱さまでが愛《いと》しく思えた。

おっかさんが憎体《にくてい》に言うほど、角造さんは悪い男《ひと》ではない！

その実、角造はおちょうを正蔵とおはまの娘と思ってか、格別、優《やさ》しく接してくれたのである。

他のお端下には、無体《むたい》を言ってみたり嵩《かさ》にかかった態度を見せても、おちょうには素の顔で接してくれた。

二季の折れ目には、約《つづま》やかな手当を割《さ》いて、おちょうに錦絵《にしきえ》を買って来てくれたこともある。

その角造が甚三郎の怒りを買い、日々堂から姿を消してしまったときには、おちょうは目の前が真っ暗になったかのような気がした。

正蔵やおはまから、角造が山源の手下《てか》となり、甚三郎亡き後の日々堂を追い落とそうと画策《かくさく》していると聞いたときにも、まさか、あの男《ひと》が大恩ある日々堂にそんなことをするわけがない、おっかさんたちこそ、どこまで角造を追い詰めれば気が済むのだろう、と腹が立ったほどである。

その角造が三年ぶりに、目の前に立っているのである。

「おう、ちょいと見ねえ間に、やけに、ぼっとり者になったじゃねえか」

角造は廻り込むようにして、おちょうの行く手を塞《ふさ》いだ。

「角造さん……」

おちょうは思わず後退《あとじさ》った。

「おっと、逃げることはねえ！　お針の帰《けえ》りか？　どうでェ、ちょいとそこら辺りで、甘《あめ》ェ物《もん》でも食ってかねえか」

角造は間合《まあい》を詰めると、おちょうの顔を覗《のぞ》き込んだ。

「あたし……。帰らなきゃ……。昼餉の仕度を手伝わなきゃならないし、おっかさんに何も言って来ていないから……」

「おっかさんだって？　まだ、そんな餓鬼みてェなことを言ってるのかよ！　おめえ、幾つになった？　確か、二十歳じゃなかったかな？　せっかく三年ぶりに逢ったというのに、つれねえじゃねえか。実はよ、俺ャ、おめえにちょいとばかし話してェことがあってよ」

角造は肩がくっつきそうになるほどに詰め寄ると、おちょうの耳許で囁《ささや》いた。

「話って……」

おちょうはさっと四囲《しい》に目を配り、頬を染めた。

昼日中、人前で、男と女ごが肩がくっつきそうになるほど寄り添っていてよいはずがない。

角造は目敏《めざと》くおちょうの表情を見て取った。

「おめえ、変わらねえな。相変わらず、おぼこでよ！　おめえはたまたまここで俺に出会《でくわ》したと思ってるんだろうが、天骨《てんこち》もねえ！　そろそろ伊沢町から帰《けえ》る頃だと思って、待ち伏せしてたのさ。だが、そうさなあ、真っ昼間、こんなところで立ち話というのも、不意気《ぶいき》だからよ。おめえ、夕餉の仕度を済ませた後なら、厨を抜け出せるだろう？　明日、六ツ（午後六時）、一の鳥居を潜《くぐ》ったところで待ってるからよ。なに、心配《しんぺえ》するこたァねえ。落着いた場所で、ちょいと話をするだけだからよ。お互《てげ》ェ、積もる話もあるってもんよ。魚心《うおごころ》あれば水心《みずごころ》……。この三年間、おめえに何があったか訊きてエし、おめえだって、俺のことを知りてェだろ？　俺もよ、不気《ぶき》じゃねえ。日々堂にいた頃、おめえが俺のことを気に懸けていたことくれェ知ってるからよ」

おちょうは挙措を失い、首を振った。

「違う、違う……。あたし……」

が、顔は正直である。おちょうは耳朶《みみたぶ》まで紅く染めていた。

「照れるこたァねえ。それによ、俺ヤ、おめえに話しておきてェことがあってよ。おとっつァんのことだ。といっても、宰領のことじゃねえぜ。おめえの本当のおとっつァんのことだ」

「えっ……」

おちょうは意表《いひょう》を突かれ、瞠目《どうもく》した。

「おめえ、おっかさんから、本当のおとっつァんは死んだと聞かされてたんだろう？へっ、呆《あき》れ返《けえ》る引っ繰り返るだ！」

角造は爬虫類《はちゅうるい》を想《おも》わせる細い目を、きらと光らせた。

「角造さん、あたしの本当のおとっつァんが生きてるっていうの！」

おちょうの声が裏返った。

「おっと……。今日はここまでだ。おとっつァんのことをもっと知りたけりゃ、明日の晩、抜け出して来るんだな。いいな、六ツだぜ！」

角造はにっと嗤うと、懐手《ふところで》に、風を切って去って行った。

おちょうは茫然《ぼうぜん》と、暫くその場に佇んでいた。

「阪木師《はんぎし》だったおまえのおとっつァんは、おまえが二歳のときに病《やまい》で死んじまってさ。その頃のおっかさん、おまえを産《う》んでから寝たり起きたりの毎日だったもんだから、忽《たちま》ち、立行《たちいき》するにも困ってさ。いっそ、おまえを道連れに大川に身を投じようかと思ってたんだ。そんなあたしたち母娘《おやこ》に、救いの手を差し伸べてくれたのが、旦那と現在《いま》のおとっつァんだ。旦那がおとっつァんにあたしと所帯を持つようにと勧《すす》めてくれてね。おとっつァんたら、俺がおちょうの父親《てておや》となって、立派に育ててみせる、だから、もう二度と、死のうなんて考えちゃならねえって……。あの男《ひと》さァ、あたしの身体がしっかりするまで、おまえを負《お》ぶって飛脚問屋に出てくれてね。当時は、旦那もあの男《ひと》も山源の手下《てか》だったんだけど、おとっつァんたら、周囲《まわり》の者から煙《けむ》たがられても、嫌みを言われても、ものともしなかった……。おっかさんね、おとっつァんこそ、真《しん》の男だと思ったね。生涯、この男《ひと》について行こう、この男にだけは、脚《あし》を向けて寝られないって……」

何度、おはまからそう聞かされたであろうか……。

おちょうは今の今まで、実の父親は亡くなったのだと思っていたのである。

角造の言うことなんか、万に一つも真《まこと》のことがないんだからね！

再び、おはまの言葉が甦《よみがえ》った。

ああ……、おっかさんが言うように、あの男《ひと》、嘘を言ってるんだ！

けれども、万八かどうか確かめる意味でも、角造の話を最後まで聞いてみたい……。

おちょうの心はあっちに揺れ、こっちに揺れ、思い屈《くっ》した。

が、どうしたことか、突然、腹の底から勇気が漲《みなぎ》ってきた。

ままよ！

毒を食らわば、皿まで……。


翌日、夕餉の仕度を済ませ、おちょうはそっと厨を抜け出した。

そうして裏木戸から表通りに廻ると、見世の衆に気づかれないように、折良く通りかかった荷車の陰に隠れて、一の鳥居へと向かった。

角造は鳥居に凭《もた》れるようにして待っていたが、おちょうの姿を認めると、山本町《やまもとちょう》に向かってスタスタと歩いて行った。

その背を見失わないように、少し間合を置いて、おちょうがついて行く。

と、角造は山本町と門前仲町を区切る道を左に折れ、掘割《ほりわり》を更に左へと折れた。

そうして、路地を幾つか折れ、出逢茶屋《であいぢやや》や妓楼《ぎろう》が棹《さお》になって並ぶ一角《いっかく》へと入って行くと、笹雪と書かれた暖簾《のれん》の前で脚を止め、振り返った。

おちょうの胸がきやりと高鳴った。

深川で生まれ育ったからには、深川七場所《ななばしょ》と呼ばれる遊里《ゆうり》があちこちに点在していると知ってはいても、ここは、凡そ、地娘には縁のない場所……。

が、そんなおちょうにでさえ、ここは遊女が春を鬻《ひさ》ぎ、男女が睦《むつ》み合う場所、と理解できるのだった。

「ここだ。どうしてェ、その顔は……。人目《ひとめ》に立たずにおめえとゆっくり話が出来る場所なんて、こんなところしかねえからよ。考えてもみな？　俺ャ、日々堂を追《ば》い出された男だぜ。この辺りじゃ、どこに行こうと、顔をさしちまう。その点、ここなら、邪魔が入《へえ》らねえからよ……。大丈夫《でえじょうぶ》だ。ちょいと座敷を借りるだけで、妙なこたァしねえからよ」

角造がおちょうの傍まで寄って来て、さあ、と背中を押す。

「ぐずぐずしてたら、却《かえ》って人目につくぜ。恥をかきたくなかったら、さっさと入《へえ》るんだな」

角造が耳許で囁く。

それでなくても、人目を気にしていたおちょうは、背中にひやりと冷たいものが駆け下りるのを感じ、身震いした。

今、ここで騒げば、角造が言うように、それこそ、人前で恥をかくことになる。

何より、正蔵やおはまに、のこのこと角造の後について来たことが、暴露《ばれ》てしまうではないか……。

おちょうは意を決すと、すっと暖簾を潜った。

小女に案内されて入った部屋は、いかにも出逢茶屋らしく、明かり取りの窓一つない、薄暗い部屋だった。

行灯《あんどん》に長火鉢が一つ。長火鉢の上では鉄瓶がしゅるしゅると湯気《ゆげ》を立て、傍に、茶櫃《ちゃびつ》が用意されている。

案内した小女は二人を部屋に残して去ってしまったので、どうやら、勝手に茶を淹れろということらしい。

「坐んな」

角造はそう言うと、慣《な》れた手つきで茶櫃の蓋を開け、急須や茶筒を取り出した。

茶櫃の中には、湯呑や茶托《ちやたく》、茶菓子の饅頭《まんじゆう》まで用意してある。

角造はそれら全てを取り出すと、茶筒の茶を急須に移し、鉄瓶の湯を注《そそ》いだ。

「さあ、飲みな。どうしてェ、借りてきた猫みてェな顔をしちゃってよ」

「お茶なんて要《い》らない！　それより、おとっつァんのことを話してよ。あたし、それを聞きに来たんだからね。さあ、早く教えてよ！」

おちょうは怯《ひる》みそうになる気持を奮《ふる》い立たせ、ぽんぽんと競口に捲《まく》し立てた。

「なんと、ちょいと見ねえ間に、おめえも　権高《けんだか》になったじゃねえか。おはまにそっくりだぜ！　ふン、おはまが情の強《こわ》い女ごだから、亭主に捨てられたってェのによ」

角造は皮肉っぽく、片頰で嗤った。

「捨てられたって……。おとっつァんがおっかさんを捨てたっていうの？」

「おう、何を隠そう、おめえの親父《おやじ》はこの裾継で女郎《じよろう》をやってた女ごに入れ揚《あ》げてよ。刺青で稼いだ金をそっくり女ごの身請《みうけ》に注《つ》ぎ込んで、深川にいたんじゃおはまに追い回されるとばかりに、大川を渡っちまった……。ふン、女房、子にしてみりゃ憐《あわ》れなもんよ！　噂じゃ、浅草《あさくさ》界隈にいると聞いたが、数年前に胸を患《わずら》っちまってよ。行く末永《なが》くねえと知ったら、突然、深川が恋しくなったんだろうて……。現在《いま》、北森下町の裏店で、女郎との間に生まれた娘と二人で暮らしてるってさ」

角造は心ありげに嗤って見せた。

「刺青で稼いだって……。だって、あたしのおとっつァんは版木師だったんだよ。違う！　角造さんの言ってる男《ひと》は、あたしのおとっつァんじゃない！」

おちょうは甲張ったように叫んだ。

「ヘン、何が版木師だよ！　彫物《ほりもの》は彫物でも、人の肌と木では、月と鼈《すっぽん》でェ！　察するに、余程のこと、おはまも彫鉄《ほりてつ》が憎《にく》かったんだろうて……。おう、彫鉄ってのが、おめえの親父よ。本名は鉄治《てつじ》というが、刺青じゃ、深川一の腕を持っててよ。人呼んで、彫鉄……。確か、日々堂の旦那の背中も、彫鉄の手になると聞いたぜ。おめえ、拝んだことがねえのかよ。毘沙門天だ……。彫鉄、一世一代《いっせいちだい》の傑作《けっさく》と評判でよ。旦那も彫鉄には一目《いちもく》置いてたものだから、彫鉄が女房、子を捨て、女ごと逃げたときには落胆《らくたん》してよ。おめえら母娘《おやこ》をなんとしても助けてェと、それで、正蔵に所帯を持つようにと勧めたんだとよ」

嘘だ！　あたしは信じない……。

何度、そう叫びたいと思ったことだろう。

だが、確かに、甚三郎の背中には、毘沙門天の刺青があった。

それに、義侠心《ぎきょうしん》の強いあの甚三郎なら、彫鉄の尻拭《しりぬぐ》いをしようと、おはま母娘に手を差し伸べたところで、不思議はない。

だが、それならば、何故、甚三郎は彫鉄の非を糺《ただ》し、女ごと手を切り、女房、子の元に帰れと諭さなかったのであろうか……。

すると、おちょうの心を読んだかのように、角造が続けた。

「日々堂の旦那は他人《ひと》の心の襞《ひだ》まで読み取るような男だ。彫鉄と女郎の間が心底尽《しんていず》くで、ただの濡《ぬ》れの幕とは見なかったんだな。となれば、鰯煮た鍋となった二人を切り離すより、おはまには辛《つれ》ェだろうが辛抱《しんぼう》させて、それより、心《しん》からおはまを理解し、諸白髪となるまで護ってくれる、正蔵と添わせたほうがよいと考えたのさ。要するに、旦那は恋知《こいしり》なのさ。だから、てめえ自身も、惚れて惚れて、惚れ抜いた喜久治と所帯を持ったってわけよ。けど、へっ、半年もしねえで死んじまったんじゃ、しょうがねえがよ！」

おちょうは、ああ……、と目を閉じた。

おはまがそんな修羅《しゅら》の焔《ほのお》に、身を焦《こ》がしたとは……。

いっそ、おまえを道連れに、大川に身を投じようかと思ってたんだ……。

あれは、そんな意味だったのだ。

おちょうの目に、わっと熱いものが衝《つ》き上げてくる。

「けどよ、旦那が双方丸く収まるようにと計ったのはいいが、彫鉄の幸せもそうそう永くは続かなかった……。浅草に移って二年もした頃かな？　一緒に逃げた女ごが赤児を遺して死んじまってよ。奴《やっこ》さん、乳飲み子を抱えて随分と苦労したようだが、まっ、幸い、彫鉄の腕を見込んで、客は後を絶たねえ。金には不自由しねえもんだから、他人《ひと》を雇えば、男鰥《おとこやもめ》でも子は育てられるってもんだ。金さえあれば、女ごにも不自由しねえだろうしよ。それで、胸を病んで仕事が出来なくなるまで、娘と二人で浅草にいたのよ。それが、再び深川に戻ってきたってことは、これはもしかすると、死が間近に迫り、もう一人の娘、おめえに逢いたくなったんじゃねえかと思ってよ」

「あたしに逢いたいって……。角造さん、その男《ひと》から頼まれたの？」

　おちょうがはっと目を上げる。

「まさか……。いや、友達《だち》が聞いて来てよ。日々堂は俺の古巣《ふるす》だろ？　おめえに話すのは俺の役目だろうってさ……。けど、そうかといって、俺ャ、真面《まとも》に日々堂の敷居が跨げるような男じゃねえからよ。それで、あそこで待ち伏せしてたのよ」

「…………」

「だがよ、ここから先は、おめえの胸三寸《むねさんずん》……。おとっつァんや義妹《いもうと》に逢いたければ、逢えばいい」

角造はおちょうにそう言ったのだという。

黙って話を聞いていたお葉は、おちょうの湯呑に茶を注ぎ足してやり、ふうと息を吐いた。

「それで、北森下町の裏店を訪ねたんだね。で、逢えたのかえ？　おとっつァんには……」

おちょうは首を振った。

「彫鉄って男《ひと》の裏店は判ったんだけど、路次口《ろじぐち》に佇んでいただけで、とうとう、訪ねることが出来なかった……。その男に逢うのが怖いんじゃない。あたし、そんなことをしたら、現在《いま》のおとっつァんに済まないような気がして……。おっかさんだって、あたしに本当のことを言わないほうがいいと思ったから、今まで、おとっつァんは死んだと言ってきたのだと思うと、なんだか、逢ってはならないように思えてきて……。けど、迷った。迷って、迷って、いっそ、こんなこと、知らなきゃよかったと腹立たしくもなった……。そうしたら、彫鉄の部屋から十七、八の娘が出て来てさ。手桶《ておけ》を持って、井戸端に行ったの。横顔しか見えなかったけど、透《す》き通るほどに白い肌をした、はっと人目を惹く、すんがり華奢《きやしや》でさ。あれが、義妹《いもうと》なんだ……。そう思うと、無性《むしよう》に業が煮えてきてさ。あたしはおっかさんに似て、小太りの団子っ鼻でしょう？　あの娘《こ》が母親似だとしたら……。そう思うと、なんだか、おっかさんが可《か》哀相《わいそう》に思えてきてさ。同時に、ぶっ殺したいほど、彫鉄という男が憎くなったの。冗談じゃない！　この期《ご》に及んで、あたしに逢いたいだって？　誰が逢ってやるもんか。てめえなんか、とっとと、くたばっちまえって……」

おちょうの憎体口《にくていぐち》に、お葉はおやおやと眉根《まゆね》を寄せた。

「宜《よろ》しいかしら？」

廊下側から声がかかった。

女将の声である。

「蛤町の親分が見えましたが……」

お葉はさっとおちょうを見やると、いいね、と目まじした。

「彫鉄が深川に帰《けえ》ってるって？　そんな、莫迦な！」

友七親分は野太《のぶと》い声を張り上げた。

「えっ、じゃ、角造の話は万八だとでも？」

お葉が目をまじくりさせる。

「万八も万八、彫鉄は女ごと浅草に逃げて二年もした頃、死んじまったよ。これまでは、おちょうにこのことは話したくなかったんだが、ここまで知ったからには、本当のことを言わなくちゃならねえだろうな……。心中だったのよ。角造の話は、女ごが彫鉄の娘を産んだところまでは違っちゃいねえが、死産でよ……。女ごのほうも産後の肥立《ひだ》ちが思わしくなくて、次第《しでえ》に弱り始めてよ。彫鉄は余程その女ごに惚れてたんだろうて……。おめえ一人を死なせるものかと、死にかけた女ごの肌にてめえの名を、てめえの肌に女ごの名を刺青してよ。師走《しわす》の凍《い》てつくような大川に二人して身を投げちまった……。引き上げられた土左衛門《どざえもん》を見て、誰もが息を呑《の》んだってよ……。片時も二人の身体が離れねえようにと、紐《ひも》で手足をしっかと括《くく》りつけてあったというから、彫鉄の女ごへの想いを改めて見せつけられたようでよ……」

友七親分はそう言うと、太息を吐いた。

お葉も遣《や》り切れない想いに、胸が張り裂《さ》けそうになる。

これが、至上《しじょう》の愛とでもいうのであろう……。

女房、子を捨ててまで、惚れた女ごに走った彫鉄……。

その女が生命《いのち》尽きようとするとき、おまえ一人を死なせるものかと、互いの肌に相手の名前を刺青し、しっかと身体を括りつけて入水《じゅすい》したのである。

お葉とて、甚三郎を失ったとき、幾《いく》たび、後を追おうと思ったことだろう。

だが、そうしなかったのは、お葉には甚三郎の遺児《いじ》清太郎がいたからであり、日々堂を護り抜くという、使命があったからである。

だが、甚三郎が傍にいないことの辛さや、虚《むな》しさ……。

何より、甚三郎の肌のぬくもりを恋しく思った。

お葉は胸に切《せつ》ないほどの痛みを覚え、ふうと肩息を吐いた。

するとそのとき、おちょうがワッと声を上げ、畳に突っ伏した。

「酷い！　これじゃ、おっかさんがあまりにも可哀相じゃないか……。惚れた女ごのために死んでいくのはいいさ。けど、そんなことをされたんじゃ、おっかさんは立つ瀬がない！　おとっつァんに捨てられただけでも残酷《ざんこく》なのに、そんなことをした男が、今度は、女ごのためにてめえの生命《いのち》を捨てるなんて！　これじゃ、まるきり、おっかさんは虚仮《こけ》にされたのも同然じゃないか！」

「おちょう、おめえの気持はよく解る。けどよ、おはまは彫鉄が死んだと聞かされても、動揺《どうよう》ひとつしなかったぜ。いや、したのかもしれねえ……。が、人前じゃ、決して、そんな態度は見せなかった。彫鉄とのことはもう終わったこと、自分にはおちょうがいる、それに、正蔵という心根《こころね》の優しい亭主がいるんだからってよ……。女ごは強《つえ》ぇよな、何より、母は強ェ……。お葉さん、おめえさんもだ。甚三郎亡き後、おめえさんも、よっぽど後を追いてェと思ったことだろう。それをしなかったのは、清太郎の義母《はは》という責任があったからだよな？　だからよ、おちょう、彫鉄のことは、おはまや正蔵の中では、すっかり片がついてることなんだよ」

お葉がおちょうを抱え起こす。

「さあ、涙をお拭き。ところで、親分、角造は何故そんな万八を言ったのでしょうかね。血痨《ちろう》（労咳《ろうがい》）で余命《よめい》幾ばくもない彫鉄が、北森下町で娘と二人で暮らしているなんて……。だって、おちょうは確かにその娘とやらを目にしているんですよ。ねっ、おちょう、裏店の住人に、彫鉄が住んでいることを確かめたんだよね？」

お葉がおちょうの顔を覗き込む。

おちょうは慌てて涙を拭うと、ええ、と頷いた。

友七親分が、苦虫《にがむし》を噛《か》み潰《つぶ》したような顔をする。

「北森下町にいるのは、彫鉄が浅草にいた頃の弟子でよ。彫鉄があんなことになっちまったもんだから、そっくり、名前まで継《つ》いだのよ。角造の野郎、何もかも解ったうえで、おちょうをちょうらかしたに違《ちげ》ェねえ！　恐らく、角造の狙《ねら》いは、おちょうを誑《たぶら》かすことにあったんだろうて……。おちょう、おめえ、角造に何かされたんじゃねえのか？　手込めにされかけたとか……」

おちょうはさっと俯《うつむ》いた。

ぶるぶると、肩を顫《ふる》わせている。

「あたし……、あたし……。けど、あいつのいいようにはさせなかった！　おめえに彫鉄の仕事を見せてやる。日々堂の旦那ほどじゃねえが、俺の背中にも、竜があるからよって……、次の間の襖《ふすま》をさっと開いたの。あたし、緋色《ひいろ》の蒲団《ふとん》が目に飛び込んできたもんだから、咄嗟《とっさ》に、逃げなきゃと思って……。夢中で表に飛び出し、後はもう何がなんだか解らなかった……。怖いというより、あの男《ひと》から聞いたおとっつァんのことで頭が一杯で……」

おちょうの目から再び涙が噴《ふ》き出した。

お葉がその背をそっと擦ってやる。

「おちょう、偉いよ。それで良かったんだよ。流石《さすが》は、おはまの娘だ。あたしも嬉《うれ》しいよ……」

「偉くなんかない……。だって、あたし、あんな男の口車《くちぐるま》に乗っちゃったんだもの……。おっかさんが言うように、あたしがあの男を警戒していたら、こんなことにはならなかった……」

　おちょうが泣きじゃくる。

「女ごってね、不良っぽい男にどこかしら惹かれるものなのさ。本物の男を見分けるには、何度か痛い目にも遭《あ》わなきゃならないだろうね。だが、此度は、この程度の痛みで済んだんだ。最悪の事態にならなかっただけでもよしとしようじゃないか。さっ、そろそろ帰って、正蔵たちにおちょうの無事な姿を見せてやろうよ。きっと、やきもきしているだろうからさ」

「おう、それがいい。が、待てよ。おめえさん、正蔵やおはまにどこまで話すつもりかよ。まさか、彫鉄のことまで……」

　友七親分が気遣わしそうに、お葉を見る。

「勿論、何もかも、洗いざらい話しますよ。おちょうは、彫鉄のこともおはまとの間にあったことも、全て知っちまったんだ。知っちまったからには、これからは、隠し立てはなし……。これまで三人で築いてきた家族だもの、正蔵やおはまも、おちょうが彫鉄のことを知ったところで、三人の絆《きずな》がびくりともしないことくらい解ってるだろうしさ……。寧《むし》ろ、これからは互いにもっと労《いたわ》り合い、今までよりも強い絆で結ばれるかもしれない……。ねっ、おちょう、そうだよね？」

おちょうが照れ臭そうに、ふっと頬を弛《ゆる》める。

「あたし、本当のことを知って良かった……。改めて、現在《いま》のおとっつァんがあたしのおとっつァんで良かったなって思うし、おっかさんにも、これまでよりもっと優しい気持で接してあげられるような気がする。だって、辛くて悔《くや》しい想いをしながらも、あたしを護るために我勢《がせい》してくれたんだもの……。それから、女将さん、親分、済みませんでした。あたしのためにこんなにも心配をして下さり、あたし……、皆に護られてるんだなと思うと、嬉しくって……」

再び、おちょうの頬を涙が伝った。

「おいおい、また泣くってか！　日々堂に帰《けえ》ってからも泣かなきゃならねえんだ。取っとけ、取っとけ！」

「まっ、親分、なんてことを！」

お葉がめっと友七親分を睨《ね》めつける。

親分はへへっと亀のように首を竦《すく》めた。

「ご苦労だったね。急ぐかえ?」

お葉は帰り仕度をするおはまに向かって声をかけた。

「いえ、別に……。何か?」

「良かったら、晩酌《ばんしやく》に付き合ってくれないかえ? 今宵はなんだか飲みたい気分でね」

お葉が長火鉢の銅壺《どうこ》から燗徳利《かんどつくり》を取り出し、ほら、と翳《かざ》してみせる。

「おかたじけ! あたしもなんだか一杯やりたい気分でしてね。裏店に帰って、亭主と鼻をつき合わせて飲んでも、御座《おざ》が冷めるだけだし、なんて思ってたんですよ。では、取って置きの鱲子《からすみ》でも切りましょうかね」

いそいそと、おはまが厨に戻って行く。

「はい、お待ち!」

薄切りにした鱲子を皿に載せ、おはまが茶の間に戻って来る。

「さあ、まずは一献《いっこん》」

「おや、まっ、なみなみと……。これじゃ、口からお迎えに行かなきゃならない……」

「恰好《かっこう》をつけないで、さあ、ぐいとお行き」

おはまは豪快にぐいと盃《さかずき》を空《あ》けると、ふっと相好《そうごう》を崩した。

「ああ、美味い……。腸《はらわた》に染《し》み入るようだ。じゃ、今度は、あたしから……」

おはまがお葉に返盃《へんぱい》する。

そうして、立て続けに互いに二杯ほど飲んだところで、二人はつと顔を見合わせ、くすりと肩を竦めた。

「女同士で飲む酒も、いいもんだね」

「言えてる！　女将さん、鱲子もお上がって下さいな」

「旦那が好きだったね、鱲子……」

「そうでしたね。海鼠腸《このわた》とか鯑鯎《うるか》もお好きだったけど、鱲子だけには目がありませんでしたからね」

「あっちさ……、あら嫌だ。旦那を思い出すと、つい、芸者言葉に戻っちまう……」

「旦那が恋しくて、当然ですよ。まだ一年と少しなんですもの。それを思えば、あたしが彫鉄に煮え湯を飲まされたことなんて、遠い昔のこと……。辛さや悔しさなんて、とっくの昔に忘れちまいましたよ」

「そりゃそうさ。おまえには正蔵という出来た亭主がいるじゃないか。正蔵がいるのに、彫鉄がまだ忘れられないなんて言うと、罰が当たるからね！」

おはまがふふっと笑う。

「全くだ。なんて、あたしは幸せ者なんだろう……。角造のせいで、久し振りに彫鉄のことを思い出させてもらったが、それがなかったら、そんな男がいたってことすら忘れていたし、そればかりか、てめえの身体に刺青が入っていることも、忘れていたんだもの……」

お葉が鱲子を口に運ぼうとし、はっと手を止める。

「おはま、今、なんて言った？　てめえの身体にも刺青って……」

ああ……、とおはまが苦笑する。

「太股《ふともも》の内側にね、蝶《ちょう》の刺青が入っているんですよ。彫鉄って男は、てめえの女に刺青を施《ほどこ》すことに固執《こしつ》していましてね。おちょうが生まれたとき、記念にと、無理矢理、蝶の刺青をあたしの太股に施したんですよ。太股の内側にしたのは、自分以外の男にみだらな姿を晒《さら》すなという意味だったのだろうが、ふン、てめえが外に女ごを作り、あたしやおちょうを捨てたくせして、いい気なもんさ！　けどさ、正蔵はあたしの太股に刺青があることなんか、全く気にしなかったよ。何もかもを知ったうえで、あたしやおちょうを引き取ってくれたのだからね。それればかりか、古傷《ふるきず》には一切《いっさい》触れようとしなかった……。だから、あたしは、心《しん》から、彫鉄に捨てられて幸せだったと思っているんですよ」

「…………」

お葉はと胸を突かれ、言葉を失った。

惚れた女の名を自分に、自分の名を女にと刺青し、身も心も一体となって、果てていった彫鉄……。

そして、嘗《かつ》ては愛したであろうおはまの内股には、蝶の絵柄……。

お葉は二人の女を、切ないほどに、羨《うらや》ましく思った。

甚三郎の背中に毘沙門天の刺青を見たとき、何故、自分も同じ刺青を、と言い出せなかったのであろうか……。

「女将さん、どうしました？　顔が真っ青じゃないですか。嫌だ……。もしかして、女将さん、あたしに刺青があることを、羨ましく思っていなさるのじゃないでしょね？　それこそ、てんごうってもんですよ！　刺青なんて、一旦入れちまったら、消えないんですからね。あたしの場合、正蔵が懐《ふところ》の深い男だったからいいようなもの、一旦、刻印《こくいん》を押されちまったら、生涯、一人の男に縛られちまう……。時折、旦那も悔《く》いていなさいましてね。若気《わかげ》の至りで、粋《いき》がって、こんな虚仮威《こけおど》しをしちまったが、真の男というものは、こんなものがなくったって、心意気《こころいき》ひとつで、世の中を渡っていくものだってね……。だから、いかに旦那が女将さんに惚れていなさろうと、刺青を入れろとはお言いにならなかったのですよ」

「解ってるさ。解っているが、どこかしら、寂《さみ》しくってね。惚れたればこそ、そんな莫迦もしてみたくなる……。それが、男と女というものじゃないか。あたしはさ、そこまで莫迦になれなかったのかと思うと、心寂《うらざみ》しくってさ……」

「それこそ、莫迦ってもんですよ！　さあ、盃が空いていますよ。さっ、平《ひら》にひとつさ」

おはまが徳利を翳して見せる。

お葉は酌《しやく》を受けると、一気に呷《あお》った。

じわりと喉を過《よ》ぎっていく、下り酒……。

甚さん、あっち、おまえが恋しい……。

# 冬草

霜月《しもつき》（十一月）に入ると、秩父颪《ちちぶおろし》の寒風に晒《さら》され、一気に、冬ざれてくる。

冬立ったばかりの頃は、草葉で時折きらと瞬《またた》いた露霜《つゆじも》も、初霜を見るや、いつしか、銀色に輝く霜柱と化して、地面を一面に覆《おお》うのだった。

が、そんなときでも、町小使《まちこづかい》（飛脚）は印半纏《しるしばんてん》を諸肌《もろはだ》脱ぎにして、紺脚絆《こんきゃはん》、紺足袋《たび》、草鞋《わらじ》履き、と威勢がよい。

ちりんちりんと担《かつ》ぎ棒の先につけた風鈴を鳴らし、彼らの額には汗の粒さえ浮かんでいる。

「おい、見たかや！　米倉《よねくら》の婆《ばあ》さん、今年もまた、千歳飴《ちとせあめ》の袋を持って、八幡宮の前を行きつ戻りつしてやがる。へへっ、おいらの勝ち！」

担ぎ棒を肩に見世《みせ》に飛び込んで来た与一《よいち》が、配達に出ようとしていた六助《ろくすけ》を摑《つか》まえ、味噌気《みそけ》に言った。

「ちえっ、あの婆《ばばあ》、今年くれェ、大人しくしてくれてりゃいいのによ！　ああ、解《わか》った。払ヤいいんだろ！　払ヤよ……。けど、生憎《あいにく》、俺《おい》ヤ、すかぴんだ。ツケにしてくんな！」

「てめえ、このひょうたくれが！　一体《いってえ》、幾《いく》らツケが溜《た》まってると思う？　へっ、なんだのかんだのと塵《ちり》も積もって、今や、四百八十文……。棟割《むねわり》の店賃《たなちん》が払える額だというのによ！」

怒りに、与一の声が裏返る。

「おう、見掠《みかす》めてもらっちゃ困るぜ！　誰が払わねえと言った？　藪入《やぶい》りまで二月《ふたつき》だ。俺ャ、藪入りも休むつもりはねえからよ。特別手当で、四百八十文つっくるみ、いや、色をつけて、五百文。耳を揃《そろ》えて、返《けえ》してやるからよ。生爪親父《なまづめおやじ》（吝嗇家《りんしよくか》）みてェなことを言うもんじゃやねえ！」

「おう、もう一遍言ってみな！　誰が生爪親父だって？　いいいい、じゃらけたことを抜かしやがって！　俺ャよ、おめえから感謝こそされ、四の五の言われる筋合いはねえんだよ！」

与一が片袖をたくし上げ、一触即発《いつしよくそくはつ》、六助までが受けて立とうと身構える。

「ちょいと、騒々《そうぞう》しいじゃないか！　一体、店先で何をやってるんだい」

騒ぎを聞きつけ、茶の間からお葉が出て来る。

帳場にいた正蔵も、慌ててお葉を追って来た。

「あっ、女将《おかみ》さん……」

「へっ、あい済みやせん……」

与一と六助が途端に潮垂《しおた》れる。

「正蔵、おまえがついていて……。一体、どうしたというんだえ」

「へい、千も万もねえこって……。こいつらの口舌《くぜつ》（痴話喧嘩《ちわげんか》）は毎度のことで、まっ、いってみれば、仲が良すぎて、じゃれ合ってるだけで……。なっ、おめえら、そうだよな？」

正蔵がじろりと二人を睨《ね》めつける。

「へい……」

「………」

「口舌だって？　天骨《てんこち》もない！　だったら、どこか余所《よそ》でやっとくれ。ここは見世の顔だよ。たとえ戯《ざ》れ言であれ、見世の顔に泥を塗《ぬ》るようなことをするもんじゃない。いいね？　解ったら、さあ、ひと息入れて、次の仕事にかかるんだよ」

お葉はぽんぽんと手を叩くと、再び、茶の間へと引き返して行く。

「申し訳ありやせんでした。あっしも奴らの口舌が聞こえちゃいたんだが、つい、いつものことだと思ったもんで……」

お葉の後について来た正蔵が、恐縮したように、月代《さかやき》に手を当てる。

「あいつら、何を揉《も》めていたんだい？」

お葉は長火鉢の前に坐《すわ》ると、上目遣《うわめづか》いに正蔵を窺《うかが》った。

「いえね、奴ら、しょうもねえことに、穴明き銭（四文）を賭《か》けて遊んでやしてね。まっ、賭事《かけごと》ったって、餓鬼《がき》の遊びと大《てえ》して違わねえもんだから、あっしも見て見ぬ振りをしていたんだが、どうやら、六の奴、相当、ツケを溜め込んでいるらしくて……」

「ツケを溜めてるって、一体、幾ら……」

お葉が驚いたように正蔵を見る。

「いえね、溜め込んだといっても、所詮《しょせん》、穴明き銭のことでやすからね。棟割の店賃がどうたらと言ってたんで、まっ、五百文ほどじゃねえかと……。それで、六の野郎、藪入りの特別手当でそっくり返《けえ》すと大見得《おおみえ》を切ったのでしょうよ」

成程、それなら、返せない額ではないだろう。

思うに、年中三界《ねんじゅうさんがい》、暑さ寒さをものともせず、深川界隈を駆けずり回っているちりんちりんの町小使にも、息抜きは必要である。

丁半場《ちょうはんば》（賭場《とば》）に出入りするというのであれば、なんとしてでも止《や》めさせなければならないが、仲間内で親父飴《おやじがあめ》一本の値段を賭けるというのであるから、たいもない話……。

だが、彼らは一体何を賭事の対象としているのであろうか……。

ふと過《よ》ぎったそんな疑問に、お葉は正蔵を凝視した。

「それで、与一たちは一体何に賭けたのかえ?」

正蔵がにっと頬《ほお》を弛《ゆる》めた。

「さてもさても……。それが、埒口《らちぐち》もねえ話で、ほれ、女将さんもご存知の、入舩《いりふね》町《ちょう》の米倉のお町《まち》さん……。今年も七五三に千歳飴を手にして富岡八幡宮《とみおかはちまんぐう》の前を彷徨《うろつ》くかどうかってことでやして……」

「米倉のとは、あの葉茶屋《はぢゃや》問屋の? まっ、なんてことを……」

お葉はつと眉根《まゆね》を寄せた。

葉茶屋問屋米倉のお町は、確か、この年、三十六歳……。

まだ、他人《ひと》から婆さんと呼ばれるほどの歳《とし》ではない。

それなのに、お町が口に悪を持った連中にひょうらかされるのには、理由《わけ》があった。

何しろ、日頃のお町は、真夏の暑い最中《さなか》も着た切り雀の布子《ぬのこ》を纏《まと》い、櫛目《くしめ》の通らないぼさぼさ頭を草束《くさたば》ねにして、どこから見ても、六十路《むそじ》近くの老女にしか見えないのである。

米倉は小体《こてい》とはいえ、入舩町の表通りに店舗《てんぽ》を構える見世である。

そのお内儀《かみ》が何故……。

誰もが首を傾《かし》げた。

が、お町は身形《みなり》こそ素綺麗《そきら》（質素）であるが、家付き娘であり、家業には実に我勢《がせい》した。

茶葉の製造販売を旨《むね》とする米倉で、お町は形振《なりふ》り構わず焙炉《ほいろ》の前に立ち、職人に混じって、蒸《む》し、葉ふるい、回転揉み、揉み切り、転ぐり揉みの作業を熟《こな》しているのである。

お町はまるで何かに取り憑《つ》かれたかのように、黙々と茶揉み作業を続けた。

その点では、職人となんら変わりない。

米倉では、接客や商《あきな》いは主人伊平《あるじいへい》の役目だったので、お町がお内儀の役目を果たさなくても、不足なく廻していけたのである。

が、そんなお町が、年に一度、七五三の日だけは変貌《へんぼう》した。

別人のように粧《めか》し込み、富岡八幡宮の前に立つのである。

出立栄《でだちばえ》も派手派手《はでは で》しく、千歳飴の袋を手にして、親に手を引かれて鳥居を潜《くぐ》る女児を食い入るように瞠《みつ》めては、失望したように肩を落とし、そして再び……。

それが一日中なのであるから、お町の不可解な行動は、目引き袖《そで》引き人々の口端《くちは》に上るようになった。

しかも、五年ほど前に始まったその奇行《きこう》が、未《いま》だに続いているというのであるから、今や、七五三の風物詩といってもよいだろう。

「さいですね。女将さんが不快に思われるのも無理はありやせんや。他人《ひと》の弱みを賭事の対象にするなんざァ、もっての外《ほか》！　あっしからも、ひとつ、ガチンとお仕置きしてやりやしょう。だが、今年も、米倉のお内儀がねえ……。一体《いってえ》、何が原因でそうなったのか、あれじゃ、旦那もお気の毒だ。年に一度のこととはいえ、この日ばかりは、女房を外に出さねえように出来ねえものでしょうかね」

正蔵は煙管《きせる》を一服すると、バシンと灰吹きに雁首《がんくび》を打ちつけた。

「それが伊平さんには出来ないのさ。負《お》い目があるんだよ、お町さんに……」

「負い目？　負い目とは……。ああ、米倉の旦那は婿養子でやしたね？」

正蔵がそう言うと、お葉はふっと寂《さみ》しそうに片頬で笑った。

「婿養子だからというわけじゃないんだ。おまえ、米倉の一人娘が三歳で亡くなったのを知ってるかい？」

「ああ、そう言ヤ、確か、そんなことを聞いたような……」

「あの夫婦には永《なが》いこと子が出来なかったからね。ようやく子宝に恵まれたのが、お町さんが二十八歳のときだった……。お冴《さえ》ちゃんといってね、お町さんも伊平さんも、目の中に入れても痛くないほどの可愛《かわい》がりようだった……。ところが、伊平さんには娘が生まれる前から、外に囲った女《おな》ごがいてさ。女ごとは遊びのつもりだった伊平さんは、娘が生まれたのを契機に、女ごと手を切ろうと思っていたらしいんだよ。ところが、そうは虎の皮……。女ごのほうは未練たらたら、手練手管《てれんてくだ》で言い寄って来てさ……。あの日も、伊平さんが娘を連れて八幡宮にお詣《まい》りをした帰りに、待ち伏せをしていてね。伊平さんは人前で騒がれてはと思い、仕方なく、蓬莱橋《ほうらいばし》の袂《たもと》の茶店に入った……。けれども、女ごとは何を話しても食い合わなくってさ。伊平さんは女ごを説得するのに夢中で、つい、娘から目を離しちまったんだね。お冴ちゃんが大横川から引き上げられたのは、四半刻《しはんとき》（三十分）後のことだった……」

「えっ、それじゃ、水死だったのですか？　じゃ、お町さんはそれが原因《もと》で……」

「ああ……。半狂乱になってね。実は、お町さんとあたしは、三味線《しゃみ》のお師さんが一緒でね。歳は一廻りほど違うが、娘の頃から、あの女《ひと》のことはよく知っていてさ……。あの女、決して美印《びじるし》とはいえないが、若い頃は、愛嬌《あいきょう》のある面立《おもだ》ちをしていてね。伊平さんと所帯を持ったときには、そりゃあ、幸せそうだった……。ところが、なかなか子宝に恵まれなくってね。それでも、お町さんは言ってたよ。子供には恵まれないけど、あたしには伊平という出来た亭主がいるんだもの、贅沢《ぜいたく》は言えないねって……。あの女《ひと》はそんな女なんだよ。それなのに、一時《いちどき》に、亭主に裏切られていたと知ったばかりか、愛《いと》しい娘まで死なせてしまったんだもの……。あのときのお町さん、放っておくと、今にも、お冴ちゃんの後を追いそうでさ。それを、当時はまだ生きていたお町さんの父親《てておや》が懸命《けんめい》に励まし、支えてさ。けど、お町さん、半年ほどは、生ける屍《しかばね》みたいになってたっけ……。ところが、暫《しばら》くして、おとっつァんまでが亡くなっちまってさ。人間って不思議だねえ……。そうしたら、まるでおとっつァんがそれまで寝たり起きたりの状態だったお町さんの身体《からだ》に乗り移ったみたいに、焙炉の前に立つようになってさ。お町さん、お冴ちゃんのことを忘れようとしてか、茶揉みだけに没頭《ぼっとう》するようになってね。以来、あれほど常綺麗《じょうきら》だったお町さんが、一切《いっさい》、身形に関心を払わなくなっちまってさ。ただ、年に一度、七五三の日だけは人が変わった……。別人のように着飾り、八幡宮の前に立つようになったのさ」

お葉は辛そうに、ふうと息を吐《つ》いた。

「だが、どうしてまた、七五三の日に……」

「お冴ちゃん、三歳の髪置《かみおき》が間近に迫っていたんだよ。お町さん、どんなに愉《たの》しみにしていたことか……。宮詣りの着物一式を揃えてさ、たまたまお茶を買いに行ったあたしを摑まえ、自分もその日は一張羅《いっちょうら》を着るつもりなんだよって、嬉《うれ》しそうに言ってさ。あの女《ひと》、七五三が来ると、そのときのことを思い出すんだよ。千歳飴を持って鳥居の前で待っていると、もしかすると、お冴ちゃんが帰って来てくれるのじゃないかと、そう思ってるんだ……。だから、あたしには、お町さんの気持を無下《むげ》に出来ない！　きっと、伊平さんもそう思っているから、お町さんのしたいようにさせているのじゃないかしら？　顰蹙《ひんしゆく》を買おうが、冷笑されようが、伊平さんには堪《た》えることしか出来ない……。それが、お町さんへの罪滅《つみほろ》ぼしなんだからさ」

「なんともはや、遣《や》り切れねえ話じゃねえか……」

正蔵が溜息《ためいき》を吐くと、計ったように、おはまが炭籠《すみかご》を手に入って来る。

「何が遣り切れないのさ！」

「全《まった》く、おめえという女ごは、屁《へ》のような……。なんでもねえ。おめえに言うと、煩《うるさ》くて敵《かな》わねえ！」

「まっ、屁のようなとは、なんて言い種《ぐさ》だえ！」

おはまがぷっと頰を膨《ふく》らませた。

「それはそうと、今日はまだ、おてるが顔を出さないのですが、女将さん、何か聞いていますか？」

おはまが長火鉢に炭を注《つ》ぎ足しながら、訊《たず》ねる。

「おてるが？　いいえ、何も聞いちゃいないが、そりゃ妙だね。もう、四つ（午前十時）を廻っただろう？」

お葉も怪訝《けげん》そうな顔をした。

「今まで、あの娘《こ》が無断で休むなんてことはありませんでしたからね。女将さん、どうしましょう。あたし、今から、奥川町の裏店《うらだな》を覗《のぞ》いて来ましょうか」

おはまはもう立ち上がりかけている。

「お待ち！　おまえはそろそろ昼餉《ひるげ》の仕度にかからなきゃならないだろう？　正蔵、冨田屋《とみたや》との打ち合わせは、八ツ（午後二時）からだったよね？　じゃ、あたしが奥川町を覗いてみるよ。昼には戻るつもりだが、戻れないようなら、清太郎の世話を頼んだよ！」

お葉はそう言うと、何事かあったときのためにと、金箱から小判や細金《こまがね》を取り出し、財布に詰める。

「冨田屋は出替《でがわり》の件でしょうから、あっしでことが足りやす。それより、女将さんのほうこそ、手が要《い》るようなら、すぐに遣《つか》いを寄越して下せえ。手の空《す》いた者を奥川町まで走らせやすんで……。だが、おてるが今朝はまだ顔を出さねえといって、如何《いか》になんでも、些《いささ》か騒ぎすぎじゃありやせんか？　しっかりしているようでも、おてるはまだ餓鬼《がき》だ。寝忘れちまったのかもしれねえしよ」

正蔵が呆《あき》れ顔に言う。

「また、おまえさんは後生楽《ごしょうらく》なことを！　これが他の子だったら、怠《なま》け病が出たんだろうとか、寝忘れちまったのだろうと高を括《くく》っていられるよ。けれども、あの我勢《がせい》者《もの》のおてるに限って、それはないからね。ああ、気が揉めるったらありゃしない！」

おはまはきっと正蔵を睨《にら》みつけると、神棚《かみだな》から火打ち石を取り、お葉の背中にパァンパァンと切り火を切った。

「じゃ、あとは頼んだよ！」

お葉はそう言うと、表口から通りへと出て行く。

八幡橋を渡って、堀沿いに奥川橋に向かって北上すると、左手が奥川町となる。

ここは通称手懸裏《てかけうら》とも呼ばれ、妾宅《しょうたく》の多いのでも通っているが、路地を更に奥へと踏み込むと、蒲鉾《かまぼこ》小屋同然の浪宅《ろうたく》や棟割長屋が棹《さお》になって並んでいる。

おてるの裏店も、その中にあった。

お葉は裏店の路次口《ろじぐち》まで来ると、困《こう》じ果てたように、溜息を吐いた。

通路の中ほどを井戸端へと真っ直ぐに走る、下水の溝板《どぶいた》が剝《は》がれているばかりか、通路全体が溢《あふ》れた汚水《おすい》でぬかるんでいる。

お葉はちょっと迷ったが、意を決すと、蹴出《けだ》しも露《あら》わに左褄《ひだりづま》を取り、そろりと足を前へと踏み出した。

この朽《く》ちかけた裏店に、おてるの家族ばかりか、戸田龍之介も住んでいるのである。

お葉の胸がじくりと疼《うず》いた。

もっと早くに、龍之介がこんなところに住んでいると知っていたならば、無理強《むりじ》いしてでも、日当たりの良い借家に移らせたであろうに……。

が、そう思ったときである。

路次口から三軒目に当たる部屋の障子が開き、おてるが通路に飛び出して来た。

「伽羅油《きゃらゆ》の匂《にお》いがすると思ったら、やっぱり、女将さんだ！　女将さん、そこから先は一歩も中に入っちゃ駄目だ！」

おてるは叫ぶと、手足を大の字に広げた。

　すると、その声に驚いたように龍之介がちらと顔を出し、慌てて表へと飛び出して来る。

　なんと、おてるも龍之介も船底頭巾《ふなぞこずきん》さながらに、目の下から顎《あご》までを手拭《てぬぐい》で包み込んでいるではないか……。

「戸田さま……。一体、これは……」

「女将、おてるが言うように、そこから先へは、一歩も入ってはなりません。半刻《はんとき》（一時間）ほど前に、この裏店は封鎖《ふうさ》されました」

「封鎖ですって！　えっ、一体、どうしたというのだえ」

「流行風邪《はやりかぜ》です。昨夜から、既に死亡者が三名、高熱を出した者が十二名……。立軒《りつけん》さまが言われるには、これ以上、病《やまい》を広げないためにも、この裏店を隔離《かくり》するとか……。よって、俺もおてるも暫くは日々堂に行くことが出来ない。女将にその旨《むね》を伝えようと思ったのだが、何しろ、ここを出てはならないと言われているものだから、遣いを立てるわけにもいかなくてね。申し訳なかった……」

「あい、解った。そういう事情なら、うちのことは案じることはないからね。それで、戸田さまやおてるの具合は？　見たところ、熱があるようには思えないが……」

「ああ、幸い、俺もおてるも現在《いま》のところは、大事ない。医者の指示を守り、手洗い、うがい、それにほれ、こうして、手や口を覆っているのでな。が、おてるのおとっつァんと下の弟が駄目だった……」

えっと、お葉がおてるを見る。

言われてみれば、おてるは泣き腫《は》らしたかのような目をしていた。

どこかしら、いつもと形相《ぎようそう》が違うと思ったのは、頭巾のせいではなかったのである。

すると、死亡者三名のうち二名までが、おてるの父親《ておや》と弟……。

お葉の心の臓が、きやりと高鳴った。

龍之介はお葉の心を察したようで、更に続けた。

「父親は元々衰弱していたため、今朝方、息を引き取った。が、弟のほうはかなりの高熱だが、現在《いま》のところは、まだ生命《いのち》を繫《つな》いでいる。いずれにせよ、今宵が山だと思うがよ」

「では、看病は誰が？　裏店を封鎖するのはよいとしても、病人を見殺しにしろって？　そんな莫迦《ばか》な！」

「いや、だから、俺や隣のおぬいさん、おてるなど、まだ発病していない者が手分けをして、病人の看病に努めているのだ。それに、立軒さまもつきっきりだしよ」

「ああ解った。じゃ、あたしも助《す》けようじゃないか。人手《ひとで》は多いに越したことはない」

お葉はそう言うと、一歩前へと踏み出そうとした。

と、龍之介が今まで聞いたこともない雷声《かみなりごえ》で、どしめいた。

「まだ解らねえのかよ！　おまえさんは中に入るのじゃねえと言ってるだろうが！　てめえの置かれている立場を考えてみな。おまえさんが倒れると、日々堂はどうなると思う？　清太郎は？　おまえさんの身体はおまえさんだけのものじゃねえ……。宰《さい》領《りよう》をはじめとした、店衆《たなし》すべての身の有りつきが、女将の肩にかかっているんだからよ！」

龍之介にしては珍しく、競肌《きおいはだ》（勇み肌）な口調であった。

が、お葉も負けてはいない。

「そりゃ解ってるさ。けど、戸田さまやおてるがこうして病人の看病をしているというのに、あたし一人が安閑《あんかん》としていられる道理がないじゃないか！」

お葉は肝《きも》が煎《い》れたように、甲張《かんば》った声を張り上げた。

すると、どうやら表の喧噪《けんそう》を聞きつけたとみえ、別の部屋から添島《そえじま》立軒が顔を出した。

「これ、騒々しいではないか！　おまえたち、何を騒いでおる」

おてるが立軒の傍《そば》まで駆けて行き、日々堂の女将が何か手伝いたいと言っているのだ、と説明する。

立軒はほうとお葉に目をくれると、途端に、相好《そうごう》を崩した。

「そいつは助かった。何か手伝いたいというのなら、大いに手伝ってもらおうじゃないか。実はな……」

立軒が路次口まで寄って来る。

「おまえさん、佐賀町《さがちょう》のわたしの家を知っているかな？　遣い立てして悪いが、留守番の三千蔵《みちぞう》という爺《じい》さんがいるのでな、そいつにこれを渡して、薬を届けるようにと伝えてほしいのだ。ところで、おまえさん、煮《に》焚《た》きは出来るかな？」

えっと、お葉が目をまじくりさせる。

まさか、勝手仕事は苦手《にがて》で、滅多に厨《くりや》に立つことがないとは答えられないではないか……。

それで、曖昧《あいまい》に、ええ……、と言葉を濁《にご》すと、立軒は再びにっと笑った。

「そいつは助かった。病人の粥《かゆ》などは元気な女《おなご》衆《し》が作るのでよいとしても、息災《そくさい》な者の食事にまで手が廻らぬのでな。握り飯や味噌汁《みそしる》といったものを作って、ここまで運んでほしいのだ。但し、その際には、戸田どのやあの娘がしているように、防備を怠《おこた》らないこと！　いいな？　出来るかな？」

「解りました。幸い、うちには女衆も大勢いますからね。食事の仕度など、おやすいご用！　皆にへ、だ、る、い想《おも》いなどさせやしませんので、安心して下さいな。皆のお腹は、この日々堂が預かりましたよ！」

お葉がぽんと胸を叩く。

「おてる、そういうことだ。日々堂のことは案じることはないからね。存分に、病人の看病に努めるんだよ！　戸田さま、おてるを頼みましたよ」

「済まないな。清太郎に謝《あやま》っておいてくれないか。剣術の稽古《けいこ》は、先延ばしだと……」

「困ったときには相身互《あいみたが》い。これ以上、病を流行《はや》らせないためにも、心を一つにして頑張るしかありませんからね。じゃ、あたしはこれで……」

お葉はくるりと背を返すと、その脚《あし》で佐賀町へと向かった。

本道《ほんどう》（内科）の医師添島立軒の家は、下《しも》ノ橋《はし》近くにあった。

向かいが油堀《あぶらぼり》、西が大川と地の利のよい場所である。

留守居《るすい》の三千蔵という六十がらみの男は、立軒が生薬《しょうやく》の名を書いた紙片を見ると、つと眉根を寄せた。

「おや、どうかしたかえ?」

お葉が訝《いぶか》しそうに訊ねると、三千蔵は困じ果てたように、顔を上げた。

「それが……。葛根湯《かっこんとう》、麻黄湯《まおうとう》、桂枝湯《けいしとう》といったところは、在庫で間に合いそうだが、附子《ぶし》や甘草湯《かんぞうとう》がもう残り少なく、ここに記《しる》された量は、とても揃いそうにねえ……」

「足りないっていうのかえ? だったら、薬種《やくしゅ》問屋で求めれば済むことじゃないか」

「そうしたいのは山々だが、生憎、あっしは金子《きんす》を持ち合わせていなくって……。金箱の鍵《かぎ》は先生がお持ちでやしてね」

三千蔵が毛虫のような太い眉を、びくびくと顫《ふる》わせる。

「薬を買う金がないというのかえ? 呆れ返る、引っ繰り返るとは、このことだ! 立軒さまになら、どこの薬種問屋であろうが、掛け売りしてくれるに決まってるじゃないか。なんなら、あたしが掛け合ってやろうか? さあ、何をぐずぐずしておいでだえ? 出掛けるよ!」

「出掛けるって、一体《いってえ》、どこへ……」

「決まってるじゃないか、薬種問屋だよ!」

三千蔵がとほんと目を瞠《みは》った。

お葉は競口《きおいぐち》に言うと、もう、加賀町《かがちょう》へと歩きかけている。

その後を、三千蔵が息を弾《はず》ませついて来る。

ぜいぜいと、喘息《ぜんそく》すること甚《はなは》だしい。

お葉はくすりと肩を竦《すく》め、三千蔵のために速度を弛《ゆる》めた。


加賀町の薬種問屋天狗堂《てんぐどう》で生薬を調達すると、お葉は三千蔵と別れ、日々堂へと引き返した。

「お帰《けえ》りなせえ。あれっ、おてるは……。女将さん、お一人で？」

帳場で算盤《そろばん》を弾いていた正蔵が、顔を上げるや、つと、顔を曇らせた。

「やはり、何かあったんでやすね！」

「いいから、おはまを呼んで、茶の間においで……」

そう言うと、お葉は茶の間に入って行く。

天狗堂で耳にした言葉が、未だ、胸に深く突き刺さっていた。

「奥川町でも流行風邪が……。いえね、ここ加賀町でも、いえ、それどころか、北川《きたがわ》町《ちょう》、伊沢町と、流行風邪が蔓延《まんえん》していましてね。どうやら、此度《こたび》の風邪は質《たち》が悪いようでして、高熱から肺炎を誘発《ゆうはつ》して、あっという間に、生命《いのち》を落とすそうです。昨日辺りから、油堀や大島川《おおじまがわ》を死人《しびと》を運ぶべか舟が行き交っていましてね。そうですか、流石《さすが》は添島さまです！　裏店を封鎖するとは、それはよいお考えです。解りました。必要とあれば、すぐさま薬をお届け致しましょう。えっ、薬の代金ですと？　滅《めっ》相《そう》もない。当方、添島さまが逃げも隠れもなさらないお方と存じております。それに、こうして、間に入って下さったのが、日々堂さんとあれば、鬼に金棒《かなぼう》……。大船に乗った気持でおります。ええ、ええ、いつでも、都合のつくときで構わないのですよ」

天狗堂の番頭は満面に笑《え》みを浮かべ、擦《す》り手をしながら愛想《あいそ》を言った。

元々、日々堂は天狗堂と取り引きがある。

天狗堂にしてみれば、その日々堂の紹介で本道の名医といわれる添島立軒と取り引きが出来るのであるから、ぼた餅《もち》で頰を叩かれたような話なのだろう。

が、お葉はそんなことより、番頭の言った、流行風邪が深川全体に蔓延し、高熱から肺炎を誘発して、あっという間に生命を落とす、という言葉が気にかかっていた。

労咳《ろうがい》で長患《ながわずら》いだったおてるの父親は致し方がないとしても、高熱を発し、生死の境をさまよっているというおてるの弟や、現在《いま》はまだ感染していないが、おてるや、それにもう一人の弟、戸田龍之介は……。

そして、何より案じられるのは、いつ、日々堂の店衆や清太郎が流行風邪の危険に冒《おか》されるやもしれないということである。

が、だからといって、年中三界暇なしの便り屋を閉鎖するなど、もっての外……。

そんなときだからこそ、余計に、便り屋の仕事は忙しくなるのである。

そんなふうに、お葉が危惧《きぐ》の念に胸を痛めていると、正蔵がおはまを連れて、茶の間に入って来た。

「女将さん、やはり、おてるのおとっつァんに何か……」

おはまが怖々《こわごわ》とお葉の顔を覗き込む。

「えっ、ああ……、今朝、おてるの父親《てておや》が息を引き取ってね」

「…………」

「…………」

おはまも正蔵も、さっと膝《ひざ》に視線を落とした。

「それがさ、父親だけじゃないんだよ。あの裏店じゃ、今朝までに三人が生命《いのち》を落とし、現在《いま》、おてるの下の弟も生死の境をさまよっていてさ……」

「なんだって！　おてるの弟が死にかけてるんだって！」

「三人も生命《いのち》を落としたって、それは一体どういうことなんですか？　女将さん、もっと解りやすく話して下さいな」

「それがさ……」

お葉はおてるの裏店に流行風邪が蔓延し、それがために、裏店が隔離状態となったのだと説明した。

「じゃ、おてるばかりか、戸田さままでが閉じ込められちまったってことですか？　そんな莫迦な……。流行風邪に罹《かか》っていない者まで隔離しなくてもいいじゃないか！　ねっ、おまえさんもそう思うだろう？」

おはまが納得できないといった顔をして、正蔵に同意を求める。

「だから、おめえは藤四郎《とうしろう》だというのよ！　現在《いま》はまだ罹っていねえように見えても症状は人さまざまで、そのまま発病しねえで終わっちまう者がいれば、そのうち高熱を出し、あれよあれよという間に生命《いのち》を落とす者もいる……。だからよ、風邪の症状が出ねえといっても、決して、安心できねえんだ。本人は発病していなくても、他人《ひと》に移《うつ》しちまうってこともあるからよ」

正蔵が仕こなし振りに説明する。

「へえ……。そんなものなんだ。おまえさん、見かけによらず、訳知りなんだ！　ああ、そうか、だから、立軒さまは外部の者を寄せつけないで、裏店の連中に病人の世話をさせようと思われたんだね。けどさァ、そうなると、これから先もずっと、おてるや戸田さまは危険にさらされるってこと……。現在《いま》はまだ元気だといってもさァ……」

おはまが不安の色もありありと、太息《ふといき》を吐く。

「だから、風邪なんて吹っ飛ばすだけの、体力をつけなきゃならないんだよ。それで、立軒さまから健康な者の食事を頼まれたのさ」

「解りました。そうと決まったら、早速、昼餉の仕度に取りかからなくっちゃ！　精がつくように、戸田さまやおてるには、鶏肉《とりにく》をふんだんに使って、筑前煮《ちくぜんに》でも拵《こしら》えましょうかね」

「じゃ、あたしも……」

お葉も腰を上げかける。

「あっ、女将さんはいいんですよ。坐っていて下さいな。いよいよ裏店に運ぶ段取りが出来たら、声をかけますんで……」

おはまが慌ててお葉を引き留め、厨に入って行く。

要するに、お葉が手伝うと、却《かえ》って足手纏《あしでまと》いになると言っているのである。

お葉はひょいと肩を竦めると、改まったように、正蔵を見やった。

「それでね、うちでも対策を練《ね》らなくちゃならないのだが、町小使に待ってくれはないからね。戸田さまやおてるのように手拭で顔を隠すといっても、そんな形《なり》をしてたんじゃ、気色《きしょく》悪がられちまう！　せいぜい、うがいや手洗いを徹底するより他にないからね。まっ、あとは、風邪に負けないだけの体力を作るために、滋養のある食事を摂《と》るだけ……。ああ、それから、佐之助《さのすけ》や六助に伝えておいておくれ。この寒空に、粋《いき》がって諸肌脱ぎになんかなるのじゃないって！　汗をかくようなら、小忠実《こまめ》に手拭を使い、何度でも、印半纏を着替えるようにってさ……。そうだ！　手拭……。おてるの裏店でも、手拭や浴衣《ゆかた》といったものが、いくらでも必要となるんだよね？　正蔵、あたしに出来ることが解ったよ！　ちょいと出掛けて来るから、後は頼んだよ」

お葉が思いついたが吉日とばかりに、立ち上がる。

「どちらへ？」

「決まってるさ。手拭や浴衣を仕入れに行くんだよ！」

おやおや、と正蔵が苦笑する。

「行ってらっしゃいまし。女将さん一人で持ちきれないようなら、権太《ごんた》をつけやしょうか？」

「なに、それには及ばないさ。恐らく、荷車に一杯にはなるだろうからさ。配達してもらうよ」

「さいで……」

こうなれば、もう何を言っても無駄である。

正蔵は呆れ顔をして、お葉を見送った。


それからの日々堂は、連日、席の温まる暇がないほどの忙しさとなった。

それでなくても勝手方は店衆の賄《まかな》いに汲々《きゅうきゅう》としてしまい、ほっとひと息つく間もない有様だというのに、そのうえ、日に三度、奥川町まで弁当を届けなければならなくなったのである。

「体力が勝負だからね！　とにかく、滋養があり、身体が温まるものを作っておくれ」

お葉の陣頭指揮《じんとうしき》の下《もと》、日々堂の厨では、日頃の三倍もの飯《めし》が炊かれ、大鍋に具沢山《ぐだくさん》汁《じる》や煮染《にしめ》が作られていった。

飯は握り飯にして諸蓋《もろぶた》に詰め、汁や煮染の大鍋は、鍋ごと荷車に乗せて運ぶのである。

これは、おはまの発案だった。

「ご飯も温かいほうがいいに決まってるが、何しろ、外部の者は路次口より中に入れないからね。こうして握り飯にするより仕方がないじゃないか……。けど、汁や煮染を鍋ごと運べば、食べる前に、裏店の女衆の手で温め直せるからさ」

おはまは裏店の連中に冷飯しか食べさせられないことを悔《くや》しがったが、握り飯の中に、焼鮭《やきじやけ》の解《ほぐ》し身やおかか、鱈子《たらこ》といったものを詰めるのも忘れなかった。

そのため、お端下《はした》たちの仕事が更に増えることとなったが、文句を言う者など誰一人としていない。

「情《なさけ》は人のためならず……。困ったときには相身互いって女将さんが言っていなさったけど、あの人たちが早く元気になってくれないと、いつ黒江町《くろえちょう》に、ううん、深川中に流行風邪が広がるかもしれないもんね」

「焼鮭の入った握り飯なんて、こんなことでもないと、口に入りやしない。これなら、食も進むし、風邪なんて吹き飛ばしちまうほど精がつくからね」

お端下たちは口々にそう言い、猫の手よりは少しはましさ、と慣《な》れない手つきで握り飯を握るお葉を、はらはらどきどき横目に窺うのだった。

とはいえ、荷車で諸蓋や大鍋を運ぶ作業が、また大変であった。

当然のことながら、荷車を牽《ひ》くのは小僧たちの仕事だが、そこに毎回、お葉の他にお端下が付き添うこととなり、何しろ、黒江町から奥川町までを、船底頭巾ですっぽりと顔を覆った女子供が、荷車に諸蓋や大鍋を乗せ、そろりそろりと行進するのであるから、道行く人々が目引き袖引きしたところで仕方がない。

が、お葉はそんなことには平気平左衛門《へいきへいざえもん》……。

一日も早く、おてるや戸田龍之介が元気な姿で戻って来てくれるように……。

それだけを切《せつ》に願っていた。

「どうだえ？　少しはよい按配《あんばい》に向かっているかい？」

「ああ、あれから新たに患者が出ていなくてね。この按配だと、あと四、五日もすれば、封鎖が解《と》けるかもしれない」

「けど、油断は禁物《きんもつ》だよ。いいね、手拭はいくらでもあるんだ。勿体《もったい》ないなんて思わずに、使ったら、片っ端から焼き捨てるんだ。手洗い、うがいも怠っちゃならないよ。それから、しっかり食べて、温かくしておくんだ。今日は布子や丹前《たんぜん》を大量に持って来たから、皆に配っとくれ！」

「女将のほうこそ、大丈夫かい？　無理をしているんじゃないだろうね」

「てんごうを！　何が無理だろうかえ。戸田さまやおてるのほうこそ、大変じゃないか。夜っぴて、病人の看病をしなくちゃならないのだからさ。それに比べれば、うちは食事の仕度をしているだけだ。それも、わざわざというわけじゃない。店衆の賄いを作るついでに、ちょいとばかし量を増やしたというだけの話だからさ」

「天骨もない！　ついでなんてものじゃないことくらい、解ってるからよ。済まない……」

「止《よ》して下さいよ。こんなことで礼を言われたんじゃ、尻こそばゆくて敵わない！」

お葉と龍之介の間で、毎度、こんな会話が交わされた。

「本当に、女将さんには頭が下がります。存外に早く、流行風邪が下火になったのは、何もかも、女将さんのお陰……。あたし、毎晩、亭主と二人して、日々堂のある方向に手を合わせているんですよ」

塩売りの女房おぬいも、路次口まで諸蓋や大鍋を取りに来ると、毎回、そんなふうに頭を下げた。

「じゃ、お宅はご亭主も流行風邪に罹らなかったんだね」

「それが、微熱《びねつ》が出ただけで治まりましてね。二日ほどぐずぐずしていましたが、現在《いま》はもう……」

「そうかえ、それは良かった」

「けど、おてるちゃんが不憫《ふびん》でね。おとっつァんばかりか、とうとう下の弟まで亡くしちまった……。あの娘《こ》、上の弟と抱き合って、一晩中、泣き明かしましてね。おっかさんは息災だといっても、品川宿《しながわしゅく》で飯盛女《めしもりおんな》をしているし、年季《ねんき》が明けるのはまだ先のこと……。この先、姉弟《きょうだい》二人でどうやって立行《たちいき》していくのかと思うと、なんだか切なくて……」

おぬいが諸蓋を運ぶおてるをちらと見やり、辛そうに眉根を寄せた。

「けど、健気《けなげ》でねえ……。おてるちゃんが泣いたのは、一晩だけ。翌日からは、ああして、病人の世話をしてさ。遺《のこ》された弟を護《まも》るために、あたしが頑張らなきゃって
……」

お葉はおてるの後ろ姿に、そこはかとなく漂う、哀感《あいかん》を見て取った。

少女と呼ぶにはあまりにも覚束《おぼつか》ない、十一歳のあの小さな身体に、これでもかこれ

でもかと、悲運が襲いかかってきたのである。

だが、おてるは気丈《きじょう》にも、その悲運に打ち勝とうとしている。

お葉も十歳のとき、母親が姿を晦《くら》まし、その後、父親にまで自害されて、天涯孤独《てんがいこどく》の身となった。

お葉はあのときの自分を、おてるに重ね合わせる。

けど、あたしの場合は独《ひと》りぼっち……。

当然、護ってくれる人もいなければ、護るべき者もなかったが、だからこそ、てめえの身はてめえで護らなければと、甚三郎に巡り会うまで、芸一筋で我勢してきたのである。

稼《かせ》ぐに追いつく貧乏なし……。

そうさ、おてる、負けるんじゃないよ。あたしがついているからさ！

お葉の胸に、じんと熱いものが衝《つ》き上げてくる。

「おぬいさん、安心しな。おてるにはあたしがついているからさ！　弟のことも、そのうち、見合った奉公先を見つけるつもりだ。なんなら、うちで引き取ったっていいんだよ」

お葉がそう言うと、龍之介が目から鱗《うろこ》が落ちたといった顔をした。

「そいつァいいや！　良作《りょうさく》は九歳だ。それに、滅法界《めっぽうかい》（めちゃくちゃ）、あいつは脚が速い。日々堂で七、八年も小僧を務めれば、今に、六助や与一に負けず劣《おと》らずの町小使になるやもしれない！」

「戸田さま、そうですよ！　日々堂なら、おてるちゃんの傍にいられるからね。あの子たち、二人っきりになっちまったんだもの、良ちゃんが目の行き届くところにいてくれると、おてるちゃんも安心ってもんだ……。女将さん、あたしからもお願いしますよ！」

おぬいも目を輝かせた。

「ああ、考えてみようね」

そうして、再び空《から》になった諸蓋や大鍋を荷車に乗せ、黒江町へと戻って来るのである。

幸い、日々堂では、現在《いま》のところ、町小使や女衆にも、流行風邪に罹った者はいなかった。

師走《しわす》も近いこの寒空の下《もと》、町小使など印半纏に紺脚絆といった軽装で、町から町へと駆け回るのであるから、誰か一人、風邪を貰ってきたとしても不思議はなかったが、どうやら、彼らの気合いのほうが勝っていたとみえ、寧《むし》ろ、日ごろより元気そうに見えるのだった。

そうして、裏店の封鎖が解かれたのが、二廻り（二週間）後……。

再び、おてるも龍之介も、元気な姿で、日々堂に戻って来てくれた。

「いやァ、参った……。隔離されて初めて、自由の身であることがどんなに幸せか、判《わか》ったような気がするぜ。裏店の中では自由に歩くことも出来たし、食い物にも困ることはなかったのだが、道場に行くことも出来なければ、外の世界がどうなっているのかも判らない。これでは、幽閉《ゆうへい》されているのも同然……。おまけに目に入るものといえば、日々、弱っていく病人や死人ばかりで、せめて、元気な者と明るい話題をと思っても、その話題すらなくなってよ……」

龍之介は日々堂の皆に礼を述べて廻り、茶の間で、お葉の淹《い》れた茶に舌鼓《したつづみ》を打ちながら、そう呟《つぶや》いた。

「やあ、美味《うま》い……。お茶がこんなにも美味いものだとは……。今までは何気なく飲んでいたが、やはり、淹れる人や、飲む場所によって、美味さが違うものなのですね」

龍之介が感激したように目を細める。

「おやまっ、隔離されると、世辞まで上手《じょうず》になられたようだ！　いつもと同じお茶ですよ。それでね、戸田さま、今宵は予定を空《あ》けていて下さいね。戸田さまとおてるの快気祝《かいきいわ》いをしようと思っていましてね！　おはまに鯛《たい》の尾頭付《おかしらつ》きを用意させますので、おてるの弟も夕餉《ゆうげ》に呼んで、ひとつ、盛大に厄払《やくばら》いをしようじゃありませんか」

「快気祝いといっても……。別に、俺たちは病に罹ったわけじゃ……。が、まっ、いいか。身体はさておき、心は病に罹ったのも同然なのだから」

龍之介がそう言ったときである。

「先生が帰ってきたんだって？」

見世のほうから足音がして、清太郎が茶の間の障子をすっと開いた。

「やっぱ、先生だ！」

清太郎が龍之介の背中に飛びついてくる。

「おっ、清太郎、元気だったか！　ご免よ。永いこと、おまえの相手をしてやれなくてよ」

龍之介が清太郎を膝に載せる。

「じゃ、また、やっとうの稽古をつけてくれるんだね？　茶の間で、おいらと一緒に昼餉を食ってくれるんだね？」

「ああ、約束するよ。それより、清太郎、俺がいない間もちゃんと寺子屋に通っていたか？　手習を怠けるなんてことはなかっただろうな？」

「ううん、四、五日前から、寺子屋もお休みなんだ」

えっと、龍之介がお葉を見る。

「では、石鍋《いしなべ》どのの裏店も？」

「いいえ、それがね、石鍋さまのところはまだ大丈夫なんだけど、寺子屋に通って来る子供の中に、流行風邪に罹った子が出たそうでしてね。大事を取って、暫く寺子屋を閉鎖したほうが、と石鍋さまが言われましてね。清太郎は敬吾《けいご》さんに逢《あ》えないものだから、不満たらたら……。けれども、あたしは石鍋さまの考えに賛成ですよ。そろそろ流行風邪も下火になってきたようだし、永い人生だもの、一廻り（一週間）や二廻り、大人しくしていたところで損はないからさ」

「けど、おいら、一人でも、ちゃんと手習の復習《おさらい》をしていたんだよ。ねっ、そうだよね？　おっかさん！」

清太郎が茶目っ気たっぷりに首を傾げ、お葉に同意を促す。

「ああ、そうだよ。毎晩、おっかさんに復習帳を見せてくれたもんね」

清太郎が嬉しそうに、くくっと肩を揺らす。

お葉はほっと安堵《あんど》の息を吐いた。

これが、平穏《へいおん》というものなのだろう。

願わくば、もう暫く、この平穏が続いてくれますように……。

そう、お葉が思ったときである。

「女将さん、おてるが弟を連れて挨拶《あいさつ》に来ていますが、宜《よろ》しいでしょうか」

厨のほうから、おはまの声がした。

「お入り！」

お葉の声に障子がするりと開く。

おてるが八、九歳ほどの男児の手を引き、立っていた。

これが、おてるの弟、良作である。


良作は九歳にしては、がっしりとした体軀《たいく》をしていた。

ところが、元々口重《くちおも》なのか、含羞《はにか》んでいるのか、訊《き》かれたことには頷《うなず》いたり首を振ってみせるのだが、自《みずか》ら口を開こうとしない。

祝膳《いわいぜん》に出された鯛の尾頭付きも、どうやら生まれて初めて目にしたとみえ、気後《きおく》れしたように、目を瞠《みは》るばかりであった。

「どうした、食べないのかえ？　魚が嫌いというわけじゃないだろ？」

お葉が促すと、良作は耳朶《みみたぶ》まで紅くして、俯《うつむ》いた。

「良作、姉ちゃんが身を解《ほぐ》してやろうか？　おまえ、こんな大きな魚を食ったことがないもんね」

おてるが気を兼《か》ねたように良作の皿を自分の膳に移し、そろそろと箸《はし》の先で身を解していく。

「なんだよ、おてるに解してもらわなきゃ、食べられないなんて……。良ちゃん、おいらより年上なのに、赤ちゃんみたいで、おかしいや！」

清太郎が鬼の首でも取ったかのように、槍《やり》を入れた。

「これ、清太郎、人を茶にするものじゃないの！　良作だって一人で食べられるが、こんな場に出たことがないから、恥ずかしがってんだよ」

お葉がめっと清太郎を目で制す。

「そうだぜ。こう見えても、良作は腕っ節が強いし、脚も速い！　些か、口下手だが、それは照れているだけで、心根は誰よりも優《やさ》しいしよ。おてるが仕事に出て留守の間は、良作が病のおとっつァんの世話から弟の面倒まで見ていたんだ。ところが、立て続けに、その二人を亡くしちまった……。心細いんだよ。それによ、裏店にいると、こんな馳走《ちそう》を食えないだろ？　恐らく、良作のことだから、おとっつァんや弟が死んじまったというのに、自分だけがこんな馳走を食ってよいものだろうかと、そう思ってるんだよ」

龍之介が、なあ、と良作の顔を覗き込む。

良作はますます紅くなり、項垂《うなだ》れた。

「まあ、そうなのかえ？　優しいんだね、良作は……。けど、いつまでもおとっつァんや弟が死んだことを悔《く》やんでいても、二度と二人は帰って来ないんだよ。幸い、おてるもおまえも流行風邪に打ち勝ち、こうして生命《いのち》を永らえたんだ。だからさ、生きているから、いや、生きるためにも食べなきゃならないんだ。それにね、今宵は、戸田さまやおてるが元気で日々堂に戻って来てくれた祝いなんだ。あたしたちもさァ、日頃は、こんな贅沢をしているわけじゃないんだよ。それぞれの膳に尾頭付きの鯛が載るなんて、さあ、この先、いつのことやら……。だから、遠慮なんてするんじゃないの。育ち盛りだ、どんどんお食べ！」

お葉があっけらかんとした口調で言い、清太郎に向かって、どれ、おっかさんにも清太郎の鯛を解させてもらおうかね、と片目を瞑《つぶ》ってみせる。

「やァだ！　おいら、自分で出来るもん！」

清太郎が恨《うら》めしそうに、唇を尖《とが》らせる。

それで、一気に、茶の間の雰囲気が和《なご》んだ。

この日ばかりは、正蔵一家も茶の間で共に膳を囲んでいる。

日頃は店衆や女衆と一緒に厨の板の間で中食を摂るおてるも、今宵は、緊張した面差しで、良作を促しながら箸を進めていた。

そうして、膳の料理が粗方なくなった頃である。

正蔵が思い出したかのように、あっと箸を置いた。

「戸田さま、おてるのおっかさんに、亭主や息子が亡くなったことを、知らせたのですよね？」

龍之介も慌てて箸を置く。

「品川南本宿の水月楼山吹《すいげつろうやまぶき》宛《あ》てに文を書き、裏店に食事を運んで来た小僧の一人に渡したが……。確か、一太《いちた》だったと思うが……。えっ、では、一太から文を預かっていないとでも？」

「いえ、確かに、一太から預かりやした。それで、すぐさま、あっしは葭町送りの胴《どう》乱《らん》に……。てこたァ、水月楼には文が届いているということ……。あれはもう、二廻り以上も前《めえ》のことですからね。それなのに、どういうわけか、おてるの母親はうんともすんとも言ってこねえ……。そりゃ、あっしだって、金で縛られた飯盛女が、亭主や子が死んだからって、そうそう帰《けえ》って来られねえことくれェ知っていやすよ。けど、おてると良作は二人きりとなっちまったんだ。弔意《ちょうい》の意味でも、文のひとつくれェ寄越したって構わねえのによ……。それで、確かに文を送ったつもりだったが、もしかして、錯覚《さっかく》じゃなかったのかと不安になり、確認の意味で、お訊ねしたのでやすが……。そうですよねえ、戸田さまは水月楼の山吹宛てに文を書いて、一太に言付けた。あっしは一太から受け取って、確かに、葭町送りの胴乱に……。するてェと、こりゃ、どう考えても妙ですぜ。おてるのおっかさんが文の書けねえ女ごというのなら話は別だが、これまで、おてるのおっかさんは三月《みつき》に一度、おてる宛てに文を寄越してたんだ。となると、おっかさんに何かあったとしか考えられねえからよ……」

正蔵が懐手《ふところで》に首を捻《ひね》る。

「確かに、それは妙だね。おてる、この前、おっかさんから文が届いたのは、いつのことだい？」

お葉も訝しそうにおてるを質《ただ》す。

おてるは気圧《けお》されたように、首を振った。

「先《せん》には、おっかさん、おとっつァんの具合はどうか、あたしたちが元気にしているか、と文をくれたけど、梅雨《つゆ》に入った頃から、ふっつりと途絶えちまって……」

梅雨に入った頃といえば、すると、この半年、一通の文も届いていないということなのである。

お葉はつと顔を曇らせた。

「正蔵、これは調べてみる必要がありそうだね」

「さいですね」

正蔵も心ありげな顔をする。

品川宿の飯盛女は、謂《い》わば、女郎《じょろう》である。

金に縛られ、身請《みうけ》をしない限り、身内に何があろうと、年季明けまで自由が許されない。

が、唯一《ゆいいつ》、許された自由が、文の遣り取り……。

これまで、おてるの母親は倹《つま》しい小遣《こづかい》の中から飛脚賃《ひきゃくちん》を捻り出し、病の亭主や子の安否《あんぴ》を気遣っていたのである。

その母親が、半年近くも便りを寄越さないとは……。

何か起きたとしか思えなかった。

考えられることは、おてるの母親が文も書けない状態に陥《おちい》っているということ……。

お葉の脳裡《のうり》に、ちらと喜久丸《きくまる》の姿が過《よ》ぎった。

まさか、喜久丸のように、瘡毒《かさ》（梅毒）に冒され、鳥屋《とや》にかかっているのではなかろうか……。

それとも、労咳か何かの病を得て、寝たきり状態にいるのであろうか。

最悪の場合を想定すれば、おてるの母親は既にこの世にいない……。

が、仮にそうだとすれば、奥川町に知らせがあってもよいはずである。

お葉はつと過ぎったそんな想いを振り払うと、おてるを窺い、正蔵に部屋を出るようにと目まじした。

どうやら、正蔵も腹に含むところがあるとみえ、そそくさと立ち上がり、お葉の後から茶の間を出て来た。

廊下に出ると、正蔵が待ちきれないとばかりに耳打ちした。

「早速、明日、南宿《なんじゆく》まで行ってみることにしやす。見世のことは友造《ともぞう》によく言っておきやすんで、あっしがいなくても支障《ししよう》はねえかと……」

「ああ、そうしておくれ。そうだ、佐之助を連れて行くといいよ」

「佐之助？　何故にまた……」

「佐之助は脚が速いからね。仮に、金が要ることにでもなったら、すぐに遣いに走れるだろ？」

「するてェと、場合によっちゃ、女将さんがおてるの母親の身の代《しろ》を払ってもよいと……」

「話の内容にもよるがね。とにかく、これ以上、おてる姉弟《きょうだい》を哀《かな》しませちゃならない。乗りかかった舟だ……。あたしに出来ることはやってやりたくてさ。ああ、言っておくが、見世の金に手をつけようってんじゃないからね。芸者の頃に溜めた金があるんでね。滅相界《めっそうかい》な身の代では払えないが、北（新吉原）の花魁《おいらん》というわけでもあるまいし、品川宿の飯盛女だもの、さほど高直《こうじき》だとは思えないからね。とにかく、何か判ったら、すぐに知らせておくれ。早駕籠《はやかご》を立ててでも、駆けつけるからさ。ああ、それから、仔細《しさい》が判るまで、このことはおてるには内緒だよ。いいね？」

「解りやした。だが、女将さん、仮に、おてるの母親がもうこの世にいねえとしたら……」

あっと、お葉は息を呑《の》んだ。

「てんごう言ってんじゃないよ！　仮にそうだとしたら、奥川町に知らせが入っただろうに……」

が、正蔵は悔しそうに唇を噛《か》んだ。

「ところが、そうは虎の皮……。遊郭《ゆうかく》じゃ、女衒《ぜげん》に金を払った時点で、女郎の身体はてめえのものと考えていやすからね。身内がいようがいめえが、関係ねえ……。人を人とも思わず、年季明け前《めえ》にくたばっちまった女郎は、紙くず同然、十把《じっぱ》一絡《ひとから》げに投《なげ》込寺《こみでら》送りにしちまうんだ。女将さんだって、ご存知でやしょう？　喜久丸のときだって、そうだったじゃありやせんか」

「…………」

お葉には返す言葉もない。

どうか、おてるの母親が生きていますように……。

そう願うより、他になかった。

ところが、翌朝、朝餉《あさげ》もそこそこに深川を出立したというのに、八ツ近くになっても、正蔵は連絡を寄越さなかった。

水月楼の御亭《ごてい》と渡《わたり》がつき、金が要るなら要るで、佐之助を遣いに立てれば済む話で、俊足《しゅんそく》の佐之助なら、正午前には優《ゆう》に戻って来られるはずである。

お葉は正蔵の代わりに帳場に坐っていたが、どこか気もそぞろで、見世と厨の間を何度も往復しては、救いを求めるように、おはまを見やった。

おはまも勝手仕事をしていても心ここにあらずの状態で、その都度、お葉に目まじして答えるのだが、そうかといって、決して、おてるに悟られてはならない。

「やっぱ、何かあったのでしょうかね」

昼餉膳を片づけに来たおはまが、さり気ない振りで、お葉の耳許に囁《ささや》いた。

「戸田さま、確か、今日から剣術の稽古を再開するのでしたね？　少し早いようだが、そろそろ清太郎を……」

お葉が龍之介を窺う。

「おお、そうだったな。清太郎、仕度は出来ているか？　久し振りの稽古だ。今日は、うんと鍛《きた》えてやるから、覚悟しておけよ！」

勘《かん》の良い龍之介はお葉の心を察したようで、委《まか》せておけ、と目配《めくば》せしてみせた。

「うん。おいら、先生がいなくても、毎日、裏庭で素振りをしてたんだ。怠けていなかったことを見せてやるからよ！」

清太郎が奥の間に走り、竹刀袋《しないぶくろ》を取って、戻って来る。

「外は寒いからね。汗をかいたら、すぐに手拭で拭うんだよ。いいね！」

お葉は屈《かが》み込むと、清太郎の耳許に、さあ、頑張っといで、と囁いた。

「女将、俺に出来ることがあれば、なんでも言いつけてくれ。恐らく、今日は西念寺《さいねんじ》の境内《けいだい》を使うことになるだろうから、遣いを寄越せば、すぐさま、引き返して来るのでな」

「ええ、そうなれば、遠慮なく、そうさせてもらいますよ。じゃ、清太郎をお願いしますね」

お葉は表まで出て、西念寺へと向かう二人の背を見送った。

すると、そのときである。

捻り鉢巻《はちまき》、諸肌脱ぎで、八幡橋を韋駄天《いだてん》走りに駆けて来る、佐之助の姿が目に入った。

佐之助も橋を渡りきったところで、お葉に気づいたようで、全速力で傍まで駆け寄ると、膝に手をつき、ハッハッと喘《あえ》いだ。

「遅かったじゃないか！」

「済みやせん……。これでも、目一杯、駆けたつもりなんだが、何しろ、南宿を出たのが、正午近くで……」

「それで、どうなんだえ？　宰領《さいりよう》から文を言付《ことづ》かってるんだろうね？」

佐之助は肩を顫わせて肩息を吐くと、いや、と首を振った。

「なんだって！　何も言付かっていないのかえ？」

お葉は甲張ったように鳴り立てると、さっと四囲《しい》に目を配った。

「とにかく、中にお入り。茶の間で待っているから、話はそれからだ！」

そう言うと、日々堂へと足早に戻って行く。

佐之助は汗を拭い、身形を調《ととの》えると、茶の間に入って来た。

おはまも慌てて厨から出て来る。

「まっ、白湯《ぶう》でも飲んで、ひと息入れな。それで、一体、何があったというんだえ？」

お葉が大ぶりの湯呑《ゆのみ》に焙《ほう》じ茶を淹れてやると、佐之助は喉《のど》を鳴らし、一気に飲み干した。

「それが、宰領とあっしが南宿に着いたのは、四ツ（午前十時）頃なんでやすがね、水月楼の御亭というのが、大《てえ》したかませ者で……。最初《はじめ》のうちは、山吹なんて女ごはいねえの一点張《いってんば》りで、宰領が、そんなはずはねえ、水月楼の山吹という名で、三月《みつき》に一度、深川奥川町の娘の元に文が届いてたんだ、現に、二廻り前《めえ》に、うちからも山吹宛てに文を出した、受取人がいねえのなら返《けえ》ってくるはずの文が、返らねえのは山吹という女ごがここにいるという証拠じゃねえか……、とそう詰め寄ったのよ。するてエと、あの野郎、ふてらっこくも、開き直りやがってよ。ごた箱の中から、戸田さまが書いた文を取り出して来ると、ポンと畳に叩きつけやがってよ！　確かに、文は届いたが、足抜《あしぬ》けしようとした女郎の後始末など、誰がしようか！　とこう来やがった……」

佐之助は糞忌々《くそいまいま》しそうに、歯噛《はが》みした。

「足抜けだって！」

「じゃ、おてるのおっかさんは逃げたというのかい？」

お葉もおはまも、あっと顔を見合わせた。

すると、佐之助が慌てて首を振る。

「いや、逃げようとしたらしいのだが、捕《つか》まっちまったのよ。女郎屋じゃ、足抜けは大罪だからよ。おてるのおっかさん、蔵《くら》に閉じ込められ、三日三晩、折檻《せっかん》された挙句《あげく》、舌を嚙みきって、死んじまった……。半年ほど前《めえ》のことらしいがよ」

佐之助が太息を吐く。

「じゃ、自害したというのかい！　そんな……」

「だったら、何故、おてるに知らせないのさ！　金で買った女ごといっても、おてるの母親だよ。身内に知らせるのが筋じゃないか」

佐之助はお葉たちの剣幕《けんまく》に気圧されたように、口をあわあわとさせたが、ふうと息を吐くと、続けた。

「当然、宰領もそう言ったさ。けど、水月楼の御亭のほうが上手《うわて》でよ。冗談じゃねえ、こちとら、山吹に払った身の代の半分も元が取れねえまま、死なれちまったんだ、足抜けしようとした女ごを折檻して、それのどこが悪《わり》ィ、死んじまったのは山吹の勝手で、そんな女ごの始末をどうしようと、四の五の言われる筋はねえ……、とこう来やがってよ。へっ、どこまでも、食えねえ男よ！」

「じゃ、おてるのおっかさんの遺体は、投込寺に……」

ああ……、とお葉は目を閉じた。

喜久丸の葬《ほうむ》られた浄心寺《じようしんじ》の投込み塚が、つっと、眼窩《がんか》を過ぎっていく。

葬られた者の名前さえ記《しる》されない、投込み塚……。

それが、身寄りのない女郎の行き着く先、終《つい》の棲家《すみか》とはいえ、あまりにも虚《むな》しいではないか……。

しかも、おてるの母親には身寄りがいないわけではなく、亡くなった時点では、亭主もいれば、三人の子がいたのである。

だが、哀しいかな、遊里《ゆうり》には遊里の掟《おきて》があり、年季明けを待たずして足抜けした女ごを、真っ当に扱うはずがないことも解っていた。

ましてや、おてるの母親は舌を嚙みきり、自害したというのであるから……。

水月楼は飽《あ》くまでも手前勝手な道理を通そうとするだろうし、理が聞こえないと解っていても、黙って引き下がるより、他に方法がないのである。

「それで、取り敢《あ》えず、ことの顚末《てんまつ》を女将さんに知らせるようにと言われ、あっしだけが帰《けえ》って来やした」

佐之助が空《から》になった湯呑を、口に運ぼうとする。

お葉は二番茶を淹れてやった。

「では、宰領は現在《いま》どこに？」

「へえ、なんでも、おてるの母親が葬られたのが海蔵寺《かいぞうじ》とかで、自分は墓に詣って、その後、少し調べてェことがあると言われやしてね」

ああ……、とお葉も頷く。

流石は、正蔵。よく、気がついておくれだえ……。

品川宿界隈の女郎の投込寺が海蔵寺ということは、お葉も知っていた。

喜久丸が葬られた浄心寺は、洲崎《すさき》や深川七場所の女郎……。

そして、新吉原や浅草、下谷《したや》界隈の女郎が葬られるのが、浄閑寺《じょうかんじ》。

そのいずれもが、誰に看取《みと》られることもなく、流れの里でひっそりと朽《く》ち果てていった女ごの、終の棲家であった。

「調べたいことって、なんでしょうかね？」

おはまが訝しそうに言う。

「水月楼の御亭は山吹が足抜けに失敗したとしか言わなかったが、あっしが思うに、通常、足抜けなんてものは、誰か手引きをする男がいるわけでやしょう？　おてるのおっかさんにそんな男がいたのかどうか……。水月楼じゃ、口を噤《つぐ》んで石の地蔵さんを決め込みやがったが、まっ、足抜け騒ぎなんて、隠そうたって、筒抜《つつぬ》けだ。ちょいと隣近所の女郎屋を当たり、遣手婆《やりてばばあ》か消炭《けしずみ》に袖の下を摑ませれば済む話でよ。けどよ、おてるのおっかさんは女郎になってからも、奥川町に残してきた亭主や子のことをずっと気遣っていたわけでやしょ？　そんな女ごが他の男と手に手を携《たずさ》えて逃げようと思いやすか？　恐らく、宰領もそのことが引っかかってるんだと思ってよ……」

佐之助が仕こなし顔をする。

「成程、そうかもしれない……。調べたところで、今更どうなるものでもないが、せめて、真《まこと》のことを知っておきたいと思う、正蔵のその気持は解るね」

お葉はそう言うと、おはまが深々と息を吐いた。

「いずれにしたって、遣り切れない話じゃないか！　だって、おてるや良作のことを考えてごらんよ。僅《わず》かな間に、おとっつァんや弟ばかりか、おっかさんまで亡くして……。女将さん、このことをおてるにどう話します？」

お葉も溜息を吐く。

いずれ、母親のことを話さなくてはならないだろうが、せめて、父親や弟を失った哀しみから立ち直るまで、それまでは伏せておいてやりたい……。

「とにかく、正蔵が戻って来るのを待とうよ。おてるに話すのは、仔細《しさい》が判ってからでも遅くはないし、現在《いま》、あの子たちにおっかさんのことまで背負わせるのは、不憫すぎるように思えてね。あたしはそう思うのだが、おはま、おまえはどう思う？」

お葉がおはまを見据《みす》える。

おはまはお葉の目を瞠めると、黙って頷いた。

師走に入り、日々堂は盆と正月が一緒に来たような忙しさであった。

例年のこととはいえ、大店《おおだな》が押し並《な》べて年の瀬の書出《かきだし》(請求書)を送り出すからである。

そのため、急遽、雇人《やといど》(臨時雇い)がかき集められるのも、日々堂の風物詩の一つといってもよいが、今年はその中に、おてるの弟良作の姿も見られた。

といっても、良作は年が明けて十歳と、まだ年端《としは》のいかない子供なので、小僧として雇われたのである。

そのため、小僧の中でも年長の昇平《しょうへい》が、急遽、区分け作業に昇格し、良作は一太や権太の下に就《つ》くこととなった。

小僧は掃除、使い走り、薪割《まきわ》り、水汲《みずく》みと、見世や勝手方の下働きをしなければならない。

良作は相変わらず口重だったが、実に、きびきびと働いた。

しかも、見ていると、おてるの足手纏《あしでまと》いになるまいと、良作なりに姉を気遣っている様子が、どこかしら微笑《ほほえ》ましい。

「良作は存外に拾いものでしたぜ。初めてここに来たときには、あんまし喋《しゃべ》らねえもんで、これで大丈夫《でえじょうぶ》かと案じやしたが、なに、必要なことはしっかり喋るし、口《くち》鉾《ぼこ》だけが取り柄の角造のような男と比べりゃ、良作のほうがどれだけいいか……。しかも、忠実《まめ》に働くしよ」

正蔵が食後の一服をくゆらせながら言う。

「おやまっ、九歳の良作と比較されるようじゃ、角造も落ちたもんだね」

お葉が嗤《わら》う。

「おっ、そういうわけじゃ……。が、あっしは角造という男がどうしても好きになれねえもんで……。まっ、今となれば、あんな男のことなんてどうでもいいんだが、なんだか、喉に刺さった小骨みてェに、どうかすると、つい、あいつのことが口からぽろりと出ちまってよ」

「けど、おちょうも落ち着いたみたいで良かったじゃないか」

「へえ、安心しやした。だが、娘心というか、女ごの気持は解らねえもんでやすね。危なっかしくて、近寄れば火傷《やけど》すると解っていて、わざわざ、そんな男に近寄っていくんだからよ」

「そりゃ、男も同じさ。悪女と解っていても、何故か、そんな女ごに惹《ひ》かれちまう

「言われてみれば、そりゃそうだ。するてェと、おてるのおっかさんも同じだったのかも……。奥川町に残してきた亭主や子供のことが気懸《きが》かりで堪らねえというのに、渡世人《とせいにん》に惚れちまってよ。閨《ねや》での私語《ささめごと》（睦言《むつごと》）を真面《まとも》に受け止めるなんざァ、女郎仲間から穴《けつ》が青《あえ》ェと嗤われたってしょうがねえのによ……。なんせ、約束した場所に、男が現われなかったというのだからよ。それで、てめえ一人が消炭に捕まったんじゃ、泣くにも泣けねえや……」

正蔵が苦虫《にがむし》を嚙み潰《つぶ》したような顔をする。

「あたしもその話を聞いて、切なくなっちまってさ……。おてるの母親は五歳も年下のその男に、初めて、女ごとしての悦《よろこ》びを見出したというんだろ？　その男に出逢うまでは、年季が明けるまでひたすら辛抱し、いつの日にか、亭主や子供とまた以前のような暮らしをと願っていたのに、その男しか目に入らなくなったのだからさ。けれども、その男には騙《だま》されちまった……。挙句、捕まっちまって、折檻の果て、自害したんだもんね。あたしさァ、おてるの母親が自害したのは、折檻に堪《た》えられなかったからじゃないと思うのさ。だって、そうだろう？　水月楼にしてみれば、おてるの母親はまだまだ金になる。謂わば、商品だ。その商品を、再起できなくなるほど痛めつけるはずがないからね。他の者への見せしめのために折檻はしたが、適当なところで許すつもりだったんだよ。それなのに、おてるの母親は舌を噛みきった……。つまり、折檻に堪えられなかったのではなく、病の亭主や愛しい子を捨ててまでと思った、それほど惚れた男に裏切られたことに、堪えられなかったのさ」

「ああ、やはり、女将さんもそうお思いで？　いや、あっしも最初《はじめ》は信じられなかったが、南宿からとぼとぼと歩いて帰《けえ》っていると、なんだか、次第《しでえ》に、そんなふうに思うようになりやしてね。だったら、たとえ束の間であったにせよ、おてるの母親も至《し》福《ふく》の夢が見られたんだ。不憫じゃあるが、仕方がねえのじゃなかろうかと……。人は身の有りつきで変わるものなんでやすね。裏店の連中に訊ねると、口を揃えて、おてるの母親ほど家族思いの女ごはいない、貧乏暮らしをしていても、子供だけが宝とばかりに可愛がっていた……と、そう言いやしてね。飯盛女に売られて行ったのも、亭主の薬料《やくりよう》欲しさで、自分が犠牲になればという、そんな殊勝《しゆしよう》な気持からだった……」

「辛いね……」

「けど、母親のことは、現在《いま》はまだ、おてるや良作には言えねえ……。女将さん、あっしは生涯このことを黙っていようかと思いやしてね」

「このことって、母親が死んだことをかえ?」

「いや、いずれ、死んだことは話さなきゃならねえ。が、それは良作がもう少ししっかりしてからでもいいし、そのときは、おっかさんはおまえたちのために我勢してきたが、病を得て亡くなったと、そう話してやろうかと……。それくれェの嘘を吐いても、罰《ばち》は当たらねえのじゃなかろうかと思ってよ」

正蔵が目をしわしわとさせる。

お葉の目にも、わっと熱いものが込み上げてくる。

「よく言っておくれだね。実は、あたしもおまえと同じことを考えていたんだよ」

「女将さんも……」

そうして、二人は暫く胸の中で、しみじみとしたものを噛み締めていた。

「お茶を淹れようかね」

お葉がぽつりと呟く。

「ああ、そう言ャ、今朝、入船町の葉茶屋問屋米倉から、至急、十歳から十四、五歳くらいの娘を下女に雇いたいと話が来やしてね。早速、台帳を調べてみやしたが、現在《いま》のところ、それに見合った娘は記載されていなくて……」

「米倉の? あそこはお端下が足りていると思うが……」

「いえ、それが、主人の伊平さんがわざわざお見えになりやしてね。見世や勝手方の人手は足りているが、お内儀付きの下女が欲しいとのことで……。話し相手になったり、何かと身の回りの世話をする、そんな娘《こ》がいいそうで……。但し、誰でもよいというわけではなく、お内儀が直《じか》に逢い、この娘《こ》なら、と思う娘を決めたいそうで……。ところが、口入屋《くちいれや》としては、こういった曖昧《あいまい》な注文が一等難しい……。弱りやしたぜ」

正蔵が困じ果てたような顔をする。

お葉は喜撰《きせん》の出花《でばな》を正蔵の湯呑に注ぐと、ふっと頬を弛めた。

「弱ることなんてないさ。捜《さが》さなくったって、ぴったりの娘《こ》がうちにいるじゃないか」

「…………」

正蔵が目を点にする。

「おてるさ。おてるは年が明けて十二歳となるが、気扱《きあつかい》のある、賢《さと》い娘だ。心に疵《きず》を抱えたお町さんの世話となったら、誰でもいいというわけにはいかないが、あの娘《こ》なら、務まると思うよ」

お葉は言いながら、そうだ、何故もっと早く気づかなかったのだろうか、と思った。

「おてるねえ……。けど、せっかく良作がうちに入《へえ》って、これからは姉弟《きょうだい》が一緒にいられると思っていたのに……」

「何を言ってるんだよ。入船町と黒江町なんて、目と鼻の先じゃないか。逢おうと思えば、いつだって逢える。それにさ、これからは、あの子たちは強くならなきゃならないんだ。姉弟で支え合うといっても、いずれは、一人一人で生きていかなきゃならない。そのためにも、いつまでも疵を舐《な》め合っているようでは駄目だからね。それにさ、良作には日々堂がついているじゃないか！　おてるは安心して奉公に出られるんだよ。まっ、こんなことを言ったって、全てはお町さんがおてるを気に入ってくれればの話なんだけどさ」

何故かしら、ふっと、お葉はこの話がうまく運ぶように思えた。

いや、そうあってほしいと願った。

お冴という娘を三歳で失ってしまった、お町……。

現在《いま》、生きていれば、八歳か九歳……。

近々、十二歳になろうとするおてるでは、お冴の代わりにはならないかもしれないが、久しく母のぬくもりを知らないおてるには、お町が母の代わりとなるやもしれない。

きっと、うまくいく……。

いかないのなら、あたしが念力《ねんりき》でそうさせてみせる！

お葉の胸に、久々に、ぽっと明るい灯が点《とも》った。

「なんだえ、女将さん、やけに脂下《やにさ》がっちまってよ！　えっ、一体《いってえ》、どうしたって？」

正蔵が呆れ果てたように、お葉を見る。

「なんでもないさ。さっ、お茶をお上がり！」

冬草にも、必ず、春が訪れる。

からびたように見えても、根っこまで枯れたわけではなく、春になれば、再び、青々とした芽を吹き、どっこい、生きているのである。

お葉は冬草にお町を馳《は》せ、おてるを馳せた。

すると、今し方、ぽっと胸に点った灯が、お町やおてるに、明るい未来までを運んで来てくれるように思えた。

# 恋猫

櫛巻《くしま》きにした櫛を払うと、はらりと洗い髪がお葉の肩を覆《おお》った。

「いつ見ても、たっぷりとした御髪《おぐし》でござんすね。黒々としていて、こういうのを、烏《からす》の濡《ぬ》れ羽色《ばいろ》というのでしょうね」

女廻り髪結《かみゆい》のおときが惚《ほ》れ惚れとしたように、鏡の中のお葉を覗《のぞ》き込む。

お葉が肩を竦《すく》める。

「世辞口《せじぐち》を叩いたって、何も出ちゃ来ないよと言いたいところだが、上総《かずさ》（木綿《もめん》）を一反用意しておいたから、仕事着にでもしておくれ」

途端に、おときが頰《ほお》を弛《ゆる》める。

「おやまっ、毎度、あい済みませんねえ……」

「なに、いいってことさ。今年はまだおまえさんに仕着《しぎ》をあげていなかったからさ。本来なら、正月に渡さなきゃならなかったのに、ほれ、おまえさんも知っていなさるように、年末年始は便り屋の書き入れ時でね。ゆっくり髪を梳《す》いてもらう暇《ひま》もないほどの忙しさなのさ。仕方なく、おはまに撫《な》でつけてもらっただけでお茶を濁《にご》してきたけど、小正月《こしょうがつ》も過ぎて、やっとひと息吐《つ》けたんでね」

「そう言えば、この前、こちらに上がったのは、師走《しわす》に入ったばかりの頃でしたね。日髪日風呂《ひがみひぶろ》だった頃が懐《なつ》かしゅうござんすね。あの頃は、大概が島田《しまだ》か、つぶし島田……。たまに、遊び心からばい髷《まげ》や三つ輪をお結いになっていましたが、何をお結いになっても、喜久治さんの乙粋《おついき》さには誰も敵《かな》いませんでしたものね。あっ、これは失礼を……。つい、呼び慣《な》れた名が口を衝《つ》いてしまい、申し訳ありません」

おときが恐縮したように、上目遣《うわめづか》いにお葉を窺《うかが》う。

「いいんだよ。おまえさんとは古い付き合いじゃないか。あたしゃ、なんと呼ばれようと気にしないよ」

「あら、女将《おかみ》さん、それはいけません。親しき仲にも礼儀あり。区切《けじめ》はつけなければなりませんからね。それで、今日は、やはり丸髷で？」

「ああ、あたしも今や日々堂の女将だからね。矩《のり》は越えちゃならない」

おときがお葉の元結《もとゆい》をきりりと結ぶ。

「けれども、これだけたっぷりとした御髪をお持ちなんですもの、丸髷だろうと、決して、島田に退《ひ》けを取りはしませんよ。あら、嫌だ、あたしって！　それが解《わか》っているくせして、未練がましく、冬木町《ふゆきちよう》にいなさった頃を懐かしむなんてね……。というのも、あの頃は、女将さんが湯屋《ゆや》から戻って見える頃合を計って仕舞《しも》た屋に上がると、髷を結った後、女将さんと昼餉膳《ひるげぜん》を囲むのが日課となっていましたでしょう？　だから、なんだか、あの頃が恋しくって……」

「けど、おまえさん、あたしの他にも随分と顧客《こきやく》を抱えていたじゃないか。出居衆《でいしゆ》の花奴《はなやっこ》や千登勢《ちとせ》、芳里《よしさと》の他に、置屋《おきや》にも出入りしていたと思うが……」

「ええ、確かに今でも出入りをさせてもらっていますよ。けれども、吝《しわ》い、このご時世がそうさせるのでしょうかね。皆さん、財布の紐《ひも》が固くって……。顎《あご》付きなんて、天骨《てんこち》もない！　いえ、現在《いま》だから言わせてもらいますけどね、あの頃だって、廻り髪結に中食《ちゆうじき》を振る舞って下さったのは、女将さんだけなんですよ。他は、お白湯《ぶう》のひとつ、振る舞っちゃくれませんでしたからね。だから、先程、女将さんがあたしに仕着を、と言って下さったのを聞いて、涙が出るほど嬉《うれ》しく思いましてね。ああ、女将さんはこんなあたしを未《いま》だに大切に思っていて下さるのだって……」

おときの声が涙声となる。

「莫迦《ばか》だね、おときさんは！　おまえさんを大切に思うのは、当たり前じゃないか……。女《おな》ごにとって、髪は生命《いのち》。あたしはその生命をこの女《ひと》に託《たく》そうと思ったんだ。芸者を辞めたからって、その気持に変わりはないからね。けど、そうかえ、余所《よそ》はそんなに吝いのかえ……。じゃ、仕着は？　えっ、まさか、仕着もくれないっていうんじゃないだろうね？」

お葉が驚いたように、鏡の中のおときを瞠《みつ》める。

おときが寂《さみ》しそうに、ふっと顔を曇《くも》らせた。

仕着というのは、顧客が髪結に払う梳賃《すきちん》の他に、祝儀として、正月と盆に着物を誂《あつら》えてやることである。

この場合、着物は新調であっても古着でもよいし、また、反物でもよいのだが、そうして日頃の労を犒《ねぎら》い、廻り髪結と顧客のより深い契《ちぎ》りを結ぶのだった。

が、どうやら、お葉が当然と思ってしてきた慣習が、今や、風前の灯火《ともしび》となっているようである。

お葉はやれと肩息を吐いた。

「吝いご時世だとはいえ、二季《にき》の折れ目に感謝の気持を伝えるのは、人として、当然のことじゃないか！　そうかえ、じゃ、あたしもおまえさんに悪いことをしちまったね。つい、忙しさにかまけてしまい、無沙汰《ぶさた》をしちまったんだもの……。花街《はなまち》から脚《あし》を洗ったとはいえ、あたしは日々堂を束ねる女主人《おんなあるじ》だ。もう少し、身形《みなり》に気をつけなくっちゃならないというのにね……。じゃ、これからは、日髪とまではいかなくても、三日に一度、おまえさんに髪を梳いてもらうことにするから、頼んだえ！」

そう言いながらも、お葉の胸はじくりと疼《うず》いた。

丸髷は伽羅油《きゃらゆ》で固めてしまえば、余程のことがない限り、そうそう崩れるものではなく、甚三郎を失った独《ひと》り寝の褥《しとね》となれば、翌朝、ほつれ毛を撫でつけるだけで、容易に形が整えられる。

しかも、手先の器用なおはまやおちょうが、競《きそ》い合うようにしてお葉の髷を結いたがるものだから、忙しさを口実に、つい、おときに声をかけるのを怠《おこた》ってしまったのである。

が、大店《おおだな》の主人ともなれば、抱えの廻り髪結を持つのは、決して、贅沢《ぜいたく》とはいえない。

事実、甚三郎が生きていた頃には、毎日、栄次《えいじ》という男が廻って来ていたのである。

甚三郎亡き後、現在《いま》では、お葉が日々堂の女主人……。

誰に憚《はばか》ることもなく、おときに廻って来させればよかったのに、それが出来なかったのは、やはり、お葉の心の中に、店衆《たなし》に対する幾《いく》ばくかの遠慮《えんりよ》があったからに違いない。

「ええ、ええ、ようござんすよ！　三日に一度、こちらに上がらせていただければ、あたしも励みになります。女将さん、宜《よろ》しゅうございましたね？」

おときが鏡に向かって、目まじしてみせる。

その目は、お葉も日々堂の女主人としての立場がようやく確立された、いや、自信が持てるようになったのだね、と語りかけていた。

お葉もふっと頰を弛める。

髱《たぼ》の形が整えられ、鬢《びん》の形も決まってくる。

いつものことながら、おときの櫛捌《さば》きは見事であった。

「ああ、そう言えば、冬木町にいた、おせいちゃん、どうしています？」

おときが手を止め、ちらと鏡の中を窺う。

「おせい？　あの娘《こ》はあたしが旦那と所帯を持つことに決まったとき、暇を出したんでね。確か、嫁ぎ先が決まったとかで、業平《なりひら》の実家《さと》から嫁に出たと思うよ」

お葉はおときの真意が摑《つか》めず、訝《いぶか》しそうな顔をした。

「嫁に行ったのですか……。じゃ、あれは、やはり、おせいちゃんじゃなかったんだ……」

「…………」

おときは一体何を言おうとしているのであろうか……。

「いえ、それが、おせいちゃんと瓜割四郎《うりわりしろう》（瓜二つ）の鳥追《とりおい》を見掛けましてね」

おときが言い辛そうに言う。

「鳥追だって！　まさか……」

お葉は絶句した。

鳥追は三味線《しゃみせん》を片手に小唄を弾《ひ》き語りながら町中を門付《かどづ》けして歩く、謂《い》わば、女《おんな》乞食《こじき》である。

「いえね、あたしも、まさか……、と思いましたよ。けど、あれは初荷《はつに》（正月二日）でしたかね、浄心寺にお詣《まい》りをしての帰路、亀久橋《かめひさばし》の袂《たもと》で鳥追の集団に出会《でくわ》しましてね。丁度、これから分散して、物乞《ものごい》に出ようとするときだったのでしょうよ。お頭《かしら》らしき女ごが、まだ駆け出しと思える女ごを鳴り立てていましてね。今日こそ、どんなことをしてでも稼ぐんだよ、とかなんとか言っていたもんだから、通りすがりのあたしも思わず脚を止めちまったんですよ。すると、どういうわけか、叱られていた女ごと目が合いましてね。なんとまあ、藍格子《あいごうし》の着物に二の字崩しの半纏《はんてん》に菅笠《すげがさ》という鳥追姿をしていましたが、紛《まぎ》れもなく、おせいちゃんではないですか！　あたし、声をかけようとしたんですよ。けど、その女《ひと》、あたしを見ると狼狽《うろた》えたようにさっと目を逸《そ》らし、逃げるように橋を渡っちまったんですよ……。では、やはり、人違いなのかしら？　けどね、雛人形《ひなにんぎょう》みたいな切れ長の目といい、ぷっくりと肉付きのよい唇といい、どこから見ても、おせいちゃんにそっくりなんですよ！　瓜割四郎なんてもんじゃありません。他人の空似《そらに》にしても、あんなに似ている女《ひと》っているのだろうか……」

おときはまだ何か引っかかるとみえ、頻《しき》りに首を傾《かし》げた。

お葉も首を捻《ひね》る。

おせいはお葉が借りていた冬木町の仕舞た屋に、十五の時からお端下《はした》として住み込んでいたが、芸事が好きだというおせいに、三味線の手解《てほど》きをしてやったこともある。

無論、それは手慰《てなぐさ》みのようなもので、芸で身を立てるには程遠かったが、それでも数年もすれば、旦那芸くらいには弾けるようになっていただろうか……。

だから、門付け程度の三味線なら、おせいにも弾けないわけではない。

が、まさか、おせいが……。

一旦、業平の実家に戻り、そこから嫁に出たというおせいが、鳥追などになっているはずがないのである。

「だってさ、その女《ひと》、あたしが見た途端に、慌てて目を逸らしたんですよ。どう考えても、見られたくないところを見られたという感じで、あれは、あたしだって解ったうえでの振る舞いですよ！　だって、通常、見知らぬ者と目が合ったからって、ああまで挙措《きょそ》を失いはしないでしょう?」

おときが喉《のど》に小骨でも引っかかったかのような言い方をした。

「そう言われれば、そうだよね……。なんだか、あたしも気になってきたよ」

「女将さん……」

おときが改まったように、お葉に目を据《す》える。

「おせいちゃんの親ってのは、確か、百姓でしたよね? ということは、おせいちゃんが嫁に行った先も、百姓?」

「そうだと思うがね……。実を言えば、あたしはおせいを迎えに来た父親《てておや》の言葉を信じただけなんだよ。おせいにはかれこれ三年半、世話になっただろ? それで、餞別《せんべつ》のつもりで、給金の他に五両ほどつけてやったのさ。あたしの勝手でおせいに暇を出さなきゃならなくなったわけだ。それで、許しておくれでないかと頭を下げると、父親が、丁度良かった、おせいに縁談が決まったばかりなので、こちらから暇を願い出ようかと思っていたところだ、と言うじゃないか……。それで、ならばと、更に祝儀まで加えて、十両渡したのさ。おせいの父親は大喜びで帰って行ってね……。ところが、縁談が決まったというのに、おせいがあんまし嬉しそうな顔をしていなかったのが、少しばかり気になってね。けど、結句、それっきり……。てっきり、今頃は赤児《やや》でも産《う》んで、おっかさんになっているだろうと思っていたんだよ……。ああ、だけど、おまえさんが見たというのが、おせいと決まったわけじゃないんだもんね。ねっ、そうだろう？　そんなことがあるわけがないよね？」

お葉は殆《ほとん》ど悲鳴にも似た、声を上げた。

「あたしも見間違いであってくれるようにと願っています。ああ、あたしったら、なんて間抜けなんだろう！　余計なことを喋《しゃべ》っちまって……。女将さんを心配させることになって、申し訳ありません。どうか、もう、忘れて下さいまし」

おときはばつの悪そうな顔をした。

お葉の丸髷が結い上がる。

久々に髪結の手になる丸髷で、それは、胸に立ちこめた靄《もや》を一掃《いっそう》するかのように、はんなりとした出来栄《できば》えであった。

おときが帰った後も、お葉の胸は重苦しいもので塞《ふさ》がれていた。

返す返すも、おせいの父親の言葉を鵜呑《うの》みにしてしまったことが、慚愧《ざんき》に堪《た》えない。

何故、おせいが嫁に行くなら行くで、祝言《しゅうげん》をこの目で確かめようとしなかったのであろうか……。

寝覚めの悪さに、お葉はきりりと胸が締めつけられるように思った。

甚三郎と所帯を持つと決めたとき、一等最初に頭を過《よ》ぎったのは、おせいの身の振り方だった。

あの娘《こ》に、どこかよい奉公先を……。

そう思いあぐねていた矢先、おせいの父親がやって来て、縁談が決まったので暇をくれ、と言ったのである。

お葉はほっと胸を撫で下ろした。

これほど目出度《めでた》い話はないではないか……。

「そうかえ、それは良かった……。おせいも年頃だもの、喜之屋《きのや》のおかあさんに後を託そうかと思っていたが、なんといっても、女ごの幸せは所帯を持つことだからね」

お葉は安堵《あんど》し、給金や餞別の他に、三両も祝儀をつけてやったのである。

おせいの父親はお葉を神か仏のように持ち上げ、畳に頭を擦《す》りつけて、礼を言った。

それですっかり、お葉は何事も丸く収まったと思い込んでいたのである。

だが、今思えば、おせいの嫁ぎ先も聞いていなければ、祝言の日取りも聞いていない。

心《しん》からおせいの縁談を悦《よろこ》んでいたのであれば、最後まで見届けてやるのが筋ではなかっただろうか……。

それなのに、あのときのお葉は甚三郎に添《そ》えることで舞い上がってしまい、おせいの縁談を悦ぶというより、どこかしら、肩の荷が下りたように思っていたのである。

自分のことしか考えないなんて、あたしはどこまで手前勝手な女ごであろうか……。

甚三郎の女房となって暫《しばら》くした頃、何かの弾《はず》みに、おはまが呆《あき》れ顔で言ったことがある。

「旦那さまから聞きましたよ。冬木町で使っていたお端下に、一年分の給金二両の他に、餞別や祝儀をつけて、つっくるみ、十両もの大金をくれてやったのですって？　旦那さまが、流石《さすが》は喜久治だ、気っ風《ぷ》がよい、と惚れ直されたといいますからね」

「お端下の出所《でしょ》は業平の百姓だと聞きやしたが、百姓にとっちゃ、十両なんて、生《しょう》涯《げえ》、拝《おが》めねえ大金でやすからね。業平じゃ、この先ずっと、深川に脚を向けて寝られねえんじゃありやせんか！」

いいいい、ひょうらかし半分、正蔵もそう言ったように思う。

お葉も二人が揶揄《やゆ》したのだと解《わか》っていたが、まんざら悪い気がしなかった。

が、今にして思えば、自分はなんと驕《おご》った気持でいたのだろう。

心底《しんそこ》、おせいの幸せを望んでいるのであれば、餞別や祝儀をくれてやる前に、おせいが誰に嫁ぐのか確かめるべきであったし、業平まで出向いてでも、おせいの花嫁姿を見届けるべきだったのである。

お葉はふうと太息《ふといき》を吐く。

けれども、おときが見たというのが、おせいだと決まったわけじゃないんだもの……。

第一、菅笠を被《かぶ》っていたんじゃや、その女ごがおせいかどうか定かではないはず……。

お葉は煙草盆《たばこぼん》を引き寄せると、煙管《きせる》に薄舞《うすまい》を詰め、火を点《つ》けた。

馥郁《ふくいく》とした香りを吸い込むと、高揚《こうよう》した気分が、ほんの少し鎮《しず》まっていくように思えた。

ところがである。

午後になって、見廻りの途中にちょいと立ち寄ったという友七親分が、またもや、おせいのことを話題にしたのだった。

「やれ、貧乏暇《びんぼうひま》なしとは、このこった！　ここんちもそうだろうが、年末から年始にかけて、十手《じって》持ちの忙しいこと！　何しろ、日頃の三倍ほども八幡宮に人が集まるもんだからよ。掏摸《すり》、置き引き、喧嘩《けんか》に食い逃げ……。そのうえ、迷子《まいご》ときた日にゃ、こちとら、ゆっくり飯を食ってる間もねえ有様でよ。小正月も終わって、此の中《このじゅう》、やっとこさっとこ息が吐けるようになり、日々堂で女将の淹《い》れた茶を味わうなんてことも、久し振りでェ……。おっ、そう言ャ、ここんちにいたおてるだがよ、米倉で元気にやってるようじゃねえか」

小豆粥《あずきがゆ》に舌鼓《したつづみ》を打ち、食後の山吹《やまぶき》をしみじみと味わいながら、友七が思いついたようにお葉を窺った。

「おてる、元気にしていましたか？　まあ、それは良かったこと……。いえね、おてるを米倉にやったのが、師走も半《なか》ばのことだったでしょう？　お町さんと甘《うま》くやっているのかしらと案じていたんだが、何しろ、親分がおっしゃるように、年末年始は猫の手も借りたいほどの慌ただしさでしてね。入船町なんて目と鼻の先だというのに、覗いてやることも出来なくて……。それで、親分はいつ米倉へ？」

おせいのことで気ぶっせいなままに午前中を過ごした、お葉の顔にぱっと輝きが戻った。

「あれは、確か初荷の日だったと思うが、店先で荷を送り出す店衆の中に、主人の伊平さんや番頭に混じって、内儀《おかみ》の姿があってよ。驚いたのなんのって！　ここ数年、米倉の内儀が晴着姿《はれぎすがた》で店先に立つなんてことがなかったからよ……。年中三界《ねんじゅうさんがい》、着た切り雀の布子《ぬのこ》を纏《まと》い、職人に混じって茶揉《ちゃも》み作業に携《たずさ》わっていた内儀がよ、正月らしく紋付姿《もんつきすがた》でさ……。しかも、きちりと丸髷を結ってさ。鬢の乱れもなければ、なんと、紅《べに》まで差してやがった。なんたる変わりようでェ！　俺《おり》ャ、おったまげて目を白黒させてたのよ。そうしたら、伊平さんが正月でもあるし、奥で一献《いっこん》やらねえかと言うじゃねえか……。俺《おり》ャ、年始の挨拶《あいさつ》だけで早々に退散するつもりだったんだが、内儀の変わりように興味津々《きょうみしんしん》てなもんで、ちょいとばかし相伴《しょうばん》に与《あずか》ることにしたのよ。するてェと、おてるが祝膳《いわいぜん》や屠蘇《とそ》をいそいそと運んで来るじゃねえか……。伊平さんが言うにはよ、何もかも、この娘のお陰だ、おてるが来てくれて、お町がすっかり変わった、まるで、頭の中の霧《きり》が晴れたかのように、再び、米倉の内儀らしく振る舞うようになった……、なんと、そう言うじゃねえか」

友七が目まじしてみせる。

「女将、おめえさんの読みが当たったぜ！　米倉の内儀がおてるを見る目……。あれは、お端下を見る目じゃねえ。まるで、我が娘を見るような目だったぜ！」

まあ……、とお葉が目を細める。

三歳で娘を亡くしたお町の心の空隙《くうげき》を、某《なにがし》かでもおてるが埋めてくれればと思っていたが、こうまで早く、成果が表れるとは……。

「で、おてるは？　おてるのほうは、どうでした？」

思わず、お葉の声が裏返る。

「それがよ、おてるのほうも大《てえ》したもんでよ。お町のことを、内儀さん、と呼んで、決して矩を越えようとしねえまでも、お町の熱い視線を嬉しそうに受け止めてよ。俺の見るところ、あの二人はただの主従関係じゃねえ……。もっと深《ふけ》ェもので繋《つな》がれていると思うぜ」

「そうかえ……。きっと、お町さんは三歳で亡くしたお冴ちゃんが成長し、姿を変えて自分の元に戻って来てくれたと思っているんだ。おてるだってそうだ……。実の母親と生き別れになったままで、この先、いつ逢《あ》えるとも分からないからね。母親を恋しいと思ったところで、ちっとも不思議じゃない」

「ところで、おてるに実のおっかさんが死んじまったことを告げたのかえ？」

お葉が辛そうに首を振る。

「いっそ、米倉にやる前にでもと思ったんだがね、とうとう言えなかった……。何しろ、うちにはおてるの弟良作がいるだろう？　一時《いっとき》に双親《ふたおや》と弟を失い、そのうえ、おてるとは別れ別れになっちまったんだもの、現在《いま》はまだ、その時期じゃないと思ってさ」

「そりゃそうだが、この調子でいけば、いつ、米倉がおてるを養女に、と言い出すやもしれねえ……。当然おめえさんだって、その日が来ることを予期してるんだろう？」

「ええ、まあね」

「するてェと、その日が来て初めて、おてるにおっかさんが死んだことを伝えるってわけだな」

「仮にそうなれば、おてるの背中を押してやる意味でも、おっかさんはもうこの世にいない、と告げてやらなきゃならないだろうね」

「けどよ、おてるはそれでよいとしても、良作は？　あいつ、十歳になったばかりだぜ。それこそ、独りぼっちになっちまう……」

友七が蕗味噌《ふきみそ》を嘗《な》めたような顔をする。

「そのときはそのときのこと……。分々《ぶんぶん》に風は吹く。なるようにしかならないからね。ままよって具合に、今から取り越し苦労をしないことにしているのさ」

お葉が態《わざ》とあっけらかんとした口調で言う。

友七が、そうさなあ……、と太息を吐き、何やら思い出した様子で、おっと、お葉を見た。

「何か？」

お葉が首を傾げる。

「そうそう、今、思い出した！　おめえが冬木町にいた頃、お端下をしていた、おせい……。確か、嫁に行ったんだったよな？」

友七が奥歯に物が挟《はさ》まったような言い方をする。

「ええ、確か、業平の実家《さと》から嫁に出たはずだが……。それが何か？」

お葉の胸がきやりと高鳴った。

「それがよ、米倉からの帰《けえ》り道、三十三間堂《さんじゆうさんげんどう》の付近で鳥追の一行と通りすがってよ。その中に、おせいと瓜二つの女ごをみかけたもんだからよ……」

今では、お葉の胸の内で、大風が吹き荒れていた。

「親分……」

お葉は縋《すが》るような目で、友七を見た。

「それがさあ……」

お葉は廻り髪結のおときから聞いた話を、友七親分に話した。

友七は煙管をふかしながら耳を傾けていたが、突如、灰吹《はいふき》に雁首《がんくび》をバシンと叩きつけると、違《ちげ》ェねえ、おせいだ、と呟《つぶや》いた。

「だって、そうだろう？　おときがその女ごを見たのが初荷の日だとすれば、俺の見た女ごと同一人物だ。おせいと瓜割四郎の女ごがそうそういるはずがねえからよ。となれば、何ゆえ、嫁に行ったはずのおせいが鳥追に？　こりゃ、調べてみる必要がありそうだ」

「けれども、その女ごがおせいだとして、何故、鳥追なんかに……。鳥追っていうのは、つまり……」

お葉が言葉に詰まり、上目遣いに友七を見る。

「女太夫《おんなだゆう》……。女乞食と言いてェんだろ？　おめえさんが不審《ふしん》に思うのも無理はねえ。鳥追、願人坊主《がんにんぼうず》、猿飼《さるかい》、乞胸《ごうむね》は非人《ひにん》とされているからよ。非人でもねえおせいが、何故、と思ったところで不思議はねえ……」

友七は、うむっと腕を組んだ。

正月元日から中旬にかけて、裁《た》ち下ろしの着物に菅笠、日和下駄《ひよりげた》といった出《い》で立ちで、町から町へと門付けをして歩く鳥追は、一見、艶《なま》めいた美印《びじるし》が多く華やかであるが、彼女たちは長吏頭弾左衛門《ちょうりがしらだんざえもん》の支配下にある、非人なのである。

江戸各地の非人小屋に住み、正月は鳥追として、また、それ以外の日は浄瑠璃《じょうるり》や義太夫《ぎだゆう》、豊後節《ぶんごぶし》の門付けを生業《なりわい》としているが、その点では、願人や乞胸といった大道芸人となんら変わりがない。

「だがよ、非人には抱非人《かかえひにん》と野非人《のひにん》（無宿人）があるからよ。まっ、通常、女太夫は抱非人のほうに入《へえ》るんだが、何か事情があるのかもしれねえしよ……。いずれにせよ、業平のおせいの実家を探ってみることが先決だ。おっ、解ったぜ！　明日にでも、ちょっくら、業平まで脚を延ばしてみらァ」

「親分にそうしてもらえると助かるんだが、なんなら、あたしも一緒に……」

「それには及ばねえ。おせいの親父《おやじ》みてェな輩《やから》は、他人《ひと》の足許を見て、すぐに付け込みやがる！　女将、そもそも、おめえさんが悪いんだぜ。てめえの勝手でおせいに暇を出すのが後ろめてェもんだから、給金や餞別の他に祝儀までつけたというじゃねえか。おせいの親父は狡《こす》っ辛《から》くも、おめえさんの懐《ふところ》を読んだのよ。絞《しぼ》れば、いくらでも銭が取れるとな。だから、ありもしねえ縁談を口にした……。すると、どうでェ、今度は祝儀と来たじゃねえか。業平の貧乏百姓にしてみれば、これ以上の福徳《ふくとく》の百年目はねえからよ。こんな甘《うめ》ェ話があって堪《たま》るかよ！」

「じゃ、おせいの父親は端《はな》からあたしを騙《だま》すつもりだったとでも……」

お葉が啞然《あぜん》としたように、目を点にする。

「端から騙すつもりだったかどうかは知らねえが、おめえさんが次から次へと大盤振舞《おおばんぶるまめ》ェをするもんだから、つい、その気になったとも考えられるからよ。だからよ、現在《いま》は、おめえさんが前に出ねえほうがいい。委《まか》せときなって！　こういった場合は、こいつが物を言うのよ」

友七が羽織を捲《めく》り、腰に差した十手をぽんと叩く。

「嫌だよ！　しょっ引くっていうんじゃないだろうね」

友七はにたりと嗤《わら》った。

「まさかよ……。だが、こいつを翳《かざ》してみな？　誰しも、尻毛《しりげ》を抜かれたみてェに殊勝《しゅしょう》になるからよ。何ゆえ、嫁に行ったはずのおせいが鳥追の仲間にいるのか、現在《いま》、どこの非人小屋にいるのかまでを、俺がちゃんと調べてくるから委せときな！」

友七にそう言われても、お葉はいまひとつ釈然《しゃくぜん》としなかった。

おせいの父親は、どこから見ても火箸《ひばし》に目鼻といった、風吹烏《かざふきがらす》（みすぼらしい姿）……。

そんな男が果たしてここまで万八《まんぱち》（嘘）を言うであろうか。

「けど、親分、親分はおせいと鳥追を同一人物と決めてかかっていなさるが、人違いってことだってあるだろう？」

「てんごうを！　おめえさん、この期《ご》に及んで、まだ、そんなことを言ってるのかよ。そりゃよ、あの女ごを見たのが俺一人というのなら、目の錯覚とも、他人の空似ともいえるが、おときも見たんだ。しかも、同じ日に、この深川でだぜ。俺にしてもおときにしても、おせいの顔は見飽《みあ》きるほど見てきたからよ。見間違《みまちげ》ェをしろというほうが、土台、無理な話というものよ」

「…………」

お葉には返す言葉もなかった。

「それでだ。一つ、確認しておきてェのだが、おせいの行方《ゆくえ》を突き止めたとして、おめえさん、どうするつもりでいる」

友七が改まったように、お葉を睨《ね》めつける。

「無論、救い出しますよ！　どんな事情があるにせよ、あの娘《こ》を非人小屋に置いておけるはずがない。金が要《い》るようなら、すぐにでも連絡を下さいな。また親分から、おめえはすぐに金で片をつけようとすると叱られそうだが、金はこういったときに遣《つか》うもの……。幸い、おてるの母親のために遣おうと思っていた金を遣わずに済みましたのでね」

そう言うと、友七がふっと頬を弛めた。

「誰がおめえさんを叱ろうかよ。俺ャよ、おめえさんのそういったところが好きなのよ。金はよ、遣い方によっちゃ、毒にも薬にもなる。まっ、おせいの親父の場合は毒になったようだが、此度《こたび》は、大いに役に立つ……。行ってみねえことには仔細《しさい》は判《わか》らねえが、おせいがなんらかの事情で非人となったとしても、非人頭《ひにんがしら》に金を積み、足洗《あしあらい》をさせる手があるからよ。それにゃ、四、五十両はかかるかもしれねえ……。それでいいんだな？」

「あい、解った！　いつでも出せるように、仕度しておくからさ」

「だがよ、おせいを足洗させたとして、その後はどうする？　まさか、業平に帰《けえ》すってわけにゃいかねえだろう？」

お葉は暫し考え、目から鱗《うろこ》が落ちたかのように、ふっと微笑《ほほえ》んだ。

「千も万もない！　ここに引き取るまでさ」

「ここにって、えっ、日々堂にかい？」

「だって、うちは年中暇なし、応接に暇《いとま》がないほどの忙しさなんだよ。それに、おてるに抜けられて、それでなくても勝手方は人手《ひとで》が足りないんだ。おせいみたいに気《き》扱《あつかい》のある娘《こ》が入ってくれれば、おはまも悦ぶだろうからさ。本当は、あたしがここに入るとき、おせいも連れて来ればよかったんだ……。旦那もそう言ってくれたんだけどね、ほら、当時はあたしもまだ遠慮があっただろう？　お端下を連れて冬木町から乗り込んだと思われたんじゃ、おはまや他の女衆《おなごし》に顔向けできないと思ってさ……。けど、現在《いま》なら、もう大丈夫だ。おはまや女衆とも気心が通じているし、事情を話せば、おせいを受け入れたくないなんて言う者は一人もいやしない。温かく迎え入れてくれると、あたしは確信しているんだよ」

「おめえさんの言うとおりだ。じゃ、そのことを腹に含んで、話を進めてもいいんだな？」

「親分……」

お葉が膝《ひざ》を正して、友七を瞠める。

「どうか、おせいのことを宜しくお頼み申します」

そう言うと、深々と頭を下げる。

「おいおい、なんでェ、改まっちまってよ！　あい、解った。俺に委せときな」

そうして、友七は帰って行ったが、お葉はそのまま茫然《ぼうぜん》と長火鉢の前に坐《すわ》っていた。

鉄瓶《てつびん》がしゅんしゅんと音を立てる。

お葉は火箸を摑むと、灰の上に、おせい、と書いては均《なら》し、再び、ごめんね、と書く。

「姐《ねえ》さん、あたし、ここにいちゃ駄目なんでしょうか」

業平から父親が迎えに来たとき、おせいは縋るような目で、お葉を見た。

「ここにって、深川にということかえ？　そりゃ、おまえがそうしたいのなら、喜之屋のおかあさんに話を通しているので、そうしたっていいんだよ。けど、おとっつァんの話では、縁談が決まったというじゃないか。女ごにとって、一等幸せなのは、所帯を持つこと！　そりゃね、好いた相手ではないかもしれないが、夫婦《めおと》なんてものは、一緒になって、二人して作り上げていくものだからさ。今に、赤児でも出来てみな？　ああ、これが女ごの幸せかと、女ごに生まれたことの悦びを、じっくりと嚙《か》み締《し》めることが出来るんだよ」

「けど、あたし、姐さんの傍《そば》を離れたくない……。一緒に日々堂に連れて行ってもらえないのは仕方がないけど、せめて、深川にいれば、何かのお役に立てるかもしれないし……」

「何を言ってるんだろうね、この娘は。あたしのことなんて気にするんじゃないの！　おまえは自分の幸せだけを考えていればいいんだよ」

そう諄々《じゅんじゅん》と諭《さと》したのが功を奏《そう》したのか、あのとき、おせいは諦《あきら》めたように父親に連れられ、業平へと帰って行った。

物憂《ものう》い顔をしていた。

そのことが、永《なが》いこと、お葉の心に楔《くさび》を打ち込んでいたのだが、ああ、あれはそういうことだったのだ……。

恐らく、おせいには父親の言う縁談が、決して、目出度いことではないと解っていたのであろう。

そのことに気づいてやれなかったのが、悔《く》やんでも悔やんでも、まだ、悔やみ足りない。

再び、灰の上に、おせい、と書く。

お葉の頬を、涙が止め処《ど》もなく伝い落ちた。

「おさと、どうした？　狐《きつね》につままれたような顔をして……」

葱《ねぎ》を刻《きざ》む手を止め、おはまが水口《みずぐち》から入って来たおさとを訝しそうに見る。

「それが……。鯵《あじ》が一匹足りないんですよ」

「足りないって……。鯵は内方と併《あわ》せて、三十七匹だ。それが足りないっていうのかえ？」

「あたし、何度も数えたんですよ。けど、何度数えても、三十六匹しかなくって……」

おさとは今にも泣き出しそうな顔をしている。

「そんなはずはないだろう！　朝方、担《にな》い売りから確かに三十七匹仕入れたんだからさ。ねっ、おちょう、おまえも傍にいたから知ってるよね？」

おはまに言われ、釜《かま》の飯をお櫃《ひつ》に移していたおちょうが、ああ、そうだよ！　と威勢のよい声を返す。

「けど、足りないんだもの……。あたし、魚を焼いている間中、七輪《しちりん》の傍から離れなかったので、盗《と》られたとも思えないし……」

「盗られただって？　阿呆《あほ》らし！　泥棒猫《どろぼうねこ》でもいるというのならともかく、誰が鯵を盗《ぬす》もうか！　じゃ、三十七匹くれと言ったのに、担い売りが数え間違えたのかもしれないね。なんだっていうんだろうね！　今度来たら、こっぴどく叱りつけてやらなきゃ……。さっ、いいから、おさと、いつまでもそんな顔をしてるんじゃないの。ほら、早く、焼いた魚を中に運んどいで！」

おはまに鳴り立てられ、おさとがしおしおと裏庭に出て行く。

「おっかさん、足りない鯵の埋め合わせはどうすんのさ。卵焼きでも作ろうか？」

おちょうが仕こなし振りに、おはまを窺う。

「なに、それには及ばないさ。おっかさんは鯵なんてなくていいからさ。白いお飯《まんま》にお汁《つゆ》にお香々《こうこ》……。これで充分だ！　白いお飯の食べられない者から見れば、これだけだって大ご馳走《ちそう》だというのに、そのうえ、佃煮《つくだに》やお浸《ひた》しまであるんだもの、御《おん》の字ってもんだ」

「けど、うちの店衆は食べるものに不自由しないから、幸せ者だね。一太なんて、おいら、生涯、日々堂を離れたくねえと言ってたよ」

おちょうが箱膳《はこぜん》の仕度をしながら言う。

「亡くなった旦那が、便り屋は人が資本、身体《からだ》が資本、食い物に不自由をさせるようなことだけはしちゃならねえって、口癖《くちぐせ》のように言っていなさったからね。それをそっくり女将さんが踏襲《とうしゅう》なさって、寧《むし》ろ旦那が生きておられた頃より、お菜《さい》の数が増えたみたいだ」

「そうだよ！　六助も言ってたよ。女将さんは自分じゃ厨《くりや》に立たないが、口が肥《こ》えていなさるから、おはまさんも大変だろうって！」

「まっ、六の猪牙助《ちよきすけ》が！　利《き》いたふうなことを、いけしゃあしゃあと……」

おはまが糞忌々《くそいまいま》しそうに、顔を顰《しか》める。

「あっ、そうだ。六助で思い出したけど、集配部屋に置いていた布子がなくなったんだって！　去年、おっかさんが作ってやった乞食仕立《こじきじたて》の刺し子なんだけど、誰か見掛けなかった？」

おちょうがそう言い、厨のお端下たちを見回す。

お端下たちは一斉《いっせい》に首を振った。

「集配部屋に置いただなんて、六の思い違いじゃないのかえ？　あいつはいつも脱いだら脱ぎっぱなしでさ。自分が脱いだ場所を忘れてるんだよ。いいから、放っときな。そのうち、どこからか出て来るからさ。おさと、ぼんやりしていないで、鰺を銘々皿に載《の》せていきな！」

　おはまが鳴り立て、各々の箱膳に焼魚やお浸しが並べられていく。

　こうして、まず茶の間で待つお葉や清太郎、戸田龍之介に膳が運ばれ、続いて、何組かに分かれて、店衆や女衆が厨の板の間で中食の膳を囲むのである。

　ところが、女衆の中食も終わり、厨が後かたづけに汲々《きゅうきゅう》としている最中《さなか》、納屋に薪《まき》を取りに行った、お端下のおつねが、ギャッと甲高い声を張り上げた。

　何事かとおはまやおちょうが納屋に駆けつけてみると、おつねが納屋の引き戸に身体を預け、わなわなと顫《ふる》えているではないか。

「おつね、一体、どうしたのさ！」

　おはまが訊《たず》ねると、おつねは怖々《こわごわ》と納屋の中を指差した。

「中に誰かが……。薪を取ろうとしたら、筵《むしろ》がごそりと動いて……」

「莫迦も休み休み言いな！　中に誰かいるって？　ああ、そんな者がいたら、拝ませてもらおうじゃないか……。えっ、ちょい待った！　今、確かに筵が動いたよ。誰だい、そこにいるのは！　誰だか知らないが、盗人《ぬすっと》だとしたら、おまえさん、おたまりもないところに押し入ったもんだ！　生憎《あいにく》、うちには血気盛《けっきさか》んな男衆《おとこし》がわんさかいるんでね。おちょう、早く、誰かを呼んどいで！」

おはまが片袖《かたそで》をたくし上げ、競口《きおいぐち》に言う。

すると、薪の山と壁の隙間に置かれた筵がごそりと揺れ、中から小さな頭が二つ、怖々と現われた。

「まあ、清太郎坊ちゃんじゃないですか！　それに、敬吾さんも……」

おはまが開いた口が塞がらないといったふうに、目を丸くする。

「清ちゃん、こんなところで何をしてるのさ！　あら嫌だ。おまえ、何か抱えているじゃないか……。なんだい？　えっ、猫？　猫を抱いているのかい？」

おちょうが筵をさっと取っ払い、清太郎の腕の中を覗き込む。

清太郎が両腕で膝を隠そうとし、敬吾が更にその前に立ち塞がる。

「申し訳ありません。清ちゃんが悪いのではありません。わたしが怪我《けが》をした猫を拾ったものですから……。けれども、材木町《ざいもくちょう》の裏店《うらだな》に連れ帰るわけにはいきません。それで困っていると、清ちゃんがうちなら猫を隠す場所がいくらでもあると言って……。ですから、清ちゃんを叱らないで下さい」

石鍋敬吾は腹を括《くく》ったとみえ、毅然《きぜん》と言い切った。

「叱りはしないよ。叱らないから、さあ、早く出ておいで！　こんな寒い場所にいると、猫ばかりか、おまえたち二人までが風邪《かぜ》を引いちまう……」

おはまに言われ、観念《かんねん》したのか、清太郎が潮垂《しおた》れたように立ち上がる。

「どれどれ、猫が怪我をしてるって？　ああ、どうやら、これは猫同士の喧嘩で出来た疵《きず》のようだね。嚙まれた跡《あと》が残ってる……。こんなことをしていちゃ駄目だよ。ちゃんと手当をしてやらなくっちゃ……」

「だから、おいら、長火鉢の引き出しから万能灸代《まんのうきゆうだい》を持ち出し、疵口《きずぐち》に塗《ぬ》ってやったんだ。それに、寒くてぶるぶる顫えてるから、ほら、こうして、温かくしてやったんだよ」

清太郎が布子にくるまれた猫の頭を、愛《いと》しそうに撫でてやる。

「嫌だ！　清ちゃん、これ、六助の布子じゃないか。一体、どこでこれを……」

おちょうが呆れ顔をする。

「誰のだか知らないけど、集配部屋に置きっぱなしにしてあったから……。ご免なさい……」

「いいんだよ。あんなところに脱ぎっぱなしにしていた六助が悪いんだ。さあ、いいから、中にお入り！」

おはまに促《うなが》され、清太郎も敬吾も、こくりと頷《うなず》く。

「おっかさん、叱らないだろうか……」

「叱るもんですか！　女将さんは弱った者に手を差し伸べるのが、半ば、趣味の女《ひと》だからね。それは、人さまに限ったことじゃない。猫だろうが、犬だろうが、同じことだからさ……。おばちゃんからも、疵の手当をさせてやってくれと頼んでやるから、大丈夫だよ」

おはまがそう太鼓判《たいこばん》を押したのには、理由《わけ》があった。

お葉が決して猫が嫌いでないと知っていたのである。

「半玉《はんぎょく》から一本になった頃、生まれたての子猫を拾ってね。丁度、冬木町に仕舞た屋を借りたばかりのときだったので、そこで飼うことにしたのさ。けど、喜之屋のおかあさんは反対でね。着物に猫の毛をくっつけてお座敷に上がるようなことをするもんじゃないって……。ふふっ、そんなことを言われたところで、あたしには糠《ぬか》に釘《くぎ》……。だって、可愛《かわい》いんだもの。あたしが帰宅すると、必ず、玄関先まで迎えに出てくれてさ。酔っ払いの相手でくたびれ果てた心を、どんなに癒《いや》してくれたことか……」

いつだったか、お葉がふと当時を懐かしむように言っていたのを、思い出したのである。

その後、その猫がどうなったのかまでは聞いていない。

が、お葉に猫を飼った経験があるのは、事実なのである。

ところが、お葉は清太郎が抱えた猫を見て、一瞬、魂《たましい》を抜き取られたかのように、固まった。

「シマちゃん……。まさか……。ああ、そんなはずはない。だって、あの子はおせいと二人して、冬木町の庭に埋めてやったんだもの……」

そう言うと、腰砕《こしくだ》けしたように、その場に蹲《うずくま》ってしまったのである。

そうして、おはまから経緯《いきさつ》を聞かされ、ようやく、お葉は納得した。

それからは、いそいそと猫の脚を焼酎《しょうちゅう》で消毒し、万能灸代を塗ると、包帯を巻いて手当を続けた。

手慣れたものである。

「流石だね……。女将さん、猫の扱いにだけは手慣れていなさる」

おちょうがひょっくら返すと、お葉はきっと目で制した。

「猫の扱いにだけはとは、言っておくれだね！　ああ、いいさ、なんとでも言っておくれ！　けどさ、こんな疵でも、放っておくと、生命《いのち》取りになるからさ。化膿《かのう》して、脚を切り落とさなきゃならなくなったり、死んじまうことだってあるんだ。あたし、シマをそうして亡くしてるからさ……。こうして、疵ついた猫が再びあたしの前に現われたのも、何かの縁……。今度ばかりは、なんとしてでも、この子の生命を助けてみせるよ！」

お葉は乱れ箱を持ち出すと、中に綿入《わたいれ》を敷き、そっと猫を寝かせてやった。

「じゃ、この猫、飼ってもいいんだね？」

清太郎が嬉しそうに歓声を上げる。

「良いも悪いもあるもんか！　この寒空に、疵ついた猫を放り出すことなんて出来っこない」

「ヤッタ！　敬ちゃん、この子、これからはいつもここにいるんだよ！　だから、毎日、見に来てもいいんだよ！」

清太郎に目まじされ、敬吾も心から安堵したように、頬を弛めた。

翌日、昼餉を食べに来た龍之介を前にして、清太郎が誇らしげに猫の名前を披露《ひろう》した。

「こいつ、シマっていうんだよ！」

「縞模様《しまもよう》をしているから、シマかい？　なんでェ、そのまんまじゃねえか」

「違わい！　おっかさんが先《せん》に飼っていた猫がシマっていうんだけど、その子にそっくりなんだって！　だから、死んじゃったシマがまた生き返ってきてくれたと思って、こいつも、シマ……。ねっ、そうだよね？　おっかさん」

清太郎に言われ、お葉も、ああ、と笑《え》みを返す。

「これ、清太郎！　ちっとも箸が進んでいないじゃないか。おまえ、鯖《さば》の味噌煮《みそに》が大好物だというのに、どうしちまった」

お葉が清太郎の膳を見やり、眉根《まゆね》を寄せる。

「なに、清太郎坊ちゃんはシマに魚を残しておこうと思っていなさるんですよ。大丈夫ですよ！　シマの食い扶持《ぶち》はちゃんと用意してありますからね。安心して、お上がり下さいな」

味噌汁のお代わりをと茶の間に入って来たおはまが、笑いながら言う。

「まっ、なんて子だい！　そう言えば、おまえ、昨日も鰺をくすねたんだって？　ちゃんと理由を言えば悦んで分けてやったものを……。おまえが泥棒猫みたいなことをするもんだから、おさとが肝を冷やしたというじゃないか。後で、おさとに謝《あやま》るんだよ！」

「まあまあ、女将、そうきつく叱るもんじゃない。あれでも、清太郎は気を遣ったんだからよ。疵ついた捨て猫を連れ帰って、叱られるのじゃなかろうかとね……。誰しも、子供の頃にはそんな経験があるものよ。まっ、俺の場合は、犬だったがな……。納屋に隠して、それでも、一廻り（一週間）ほどは飼ったかな？」

龍之介の言葉に、パッと清太郎が目を輝かせる。

「先生、犬を飼ってたの？　それで、どうしたの？」

いや……、と龍之介が顔を曇らせる。

「義母《はは》が大の動物嫌いでね。鷹匠《たかじよう》支配《しはい》の内儀《ないぎ》だというのに、おかしなものよ。御用向きでは鷹や犬を飼うのは致し方ないとしても、内方には決して近づけさせなかった……。それゆえ、義母に見つかったが最後……。泣く泣く、友人にくれてやったのよ」

そう言ったときの龍之介の口惜《くちお》しそうな表情を、お葉は見逃さなかった。

ああ、きっと、この男《ひと》も某かの瞑《くら》い過去を背負っている……。

お葉の胸がじくりと疼いた。

そうして、その日の夕刻近くのことである。

おせいの行方を探ってみると言ったきり、二廻り（二週間）近くも音沙汰《おとさた》のなかった友七親分がやって来た。

「いやァ、参ったぜ。おせいの親父をつつけばすぐに判ると思っていたのだが、あの野郎、半年も前《めえ》に、お釈迦《しやか》になっちまってよ」

友七は苦虫《にがむし》を噛み潰《つぶ》したような顔をした。

「えっ、死んじまったのかえ！」

「ああ、それも、しょうもねえごろん坊に絡《から》まれて、匕首《あいくち》で腹をぶすり……。まっ、そもそもは、あの親父がちょぼ一（博奕《ばくち》）に嵌《はま》っちまったのが原因なのだがよ。ふン、おせいの縁談というのも、万八でよ！　なんと、おせいは嫁に行ったのではなく、寺主《てらし》（胴元）の妾に差し出されたのだってよ。ところが、聞いて呆れるたァこのことよ。その寺主というのが、七十路《ななそじ》近くの死に損《ぞこ》ないでよ。要するに、おせいは体《てい》のよいおさすりってことなんだが、そいつ、棺桶《かんおけ》に片脚を突っ込んでるというのに、すけべェ根性丸出しでよ。おせいは生きた空もねえ暮らしぶりだったとよ……。が、そんなおせいに一条の光が射し込んだ。壺振《つぼふり》の廉二《れんじ》という男がいてよ。こいつは賭場《とば》から賭場へと渡り歩く、謂わば渡世人《とせいにん》だったんだがよ。おせいの身の有りつきにいたく同情して、てめえが向島《むこうじま》から離れる際に、おせいを連れ出そうと企《くわだ》てたのよ。寺主はが、そうは虎《とら》の皮……。寺島《てらじま》の渡し場で寺主の手下《てか》にとっ捕まっちまってよ。寺主は余程業が煮えたんだろうて、指を詰め、ところ払いなんてことじゃ胸が抑えられなかったらしくて、廉二とおせいを不義密通《ふぎみっつう》のうえ、情死未遂《じょうしみすい》と届け出やがった……」

「そんな莫迦な！」

お葉は声を荒らげた。

情死未遂は晒刑《さらしけい》である。

高札場《こうさつば》に三日晒《さら》され、三十日の籠舎《ろうしゃ》の後、非人手下となる。

「だって、おせいは寺主から逃げようとしただけで、その廉二という男と疚《やま》しい間柄ではなかったんだろう？　それなのに、何故、情死未遂なのさ」

「理屈はそうだ。だがよ、理屈通りにいかねえのが、この世でよ。結句、おせいは非人小屋行きとなったのよ」

「それで、廉二という男は？」

「なんでも、籠舎から逃げ出したとかで、行方が判らねえのだとよ。が、俺ャ、これには裏があると睨《にら》んでいる……。廉二は壺振として、よい腕をしているらしくてよ。まだ充分に使えると思った別の寺主が、裏で役人に金を握らせたとしか思えねえ……」

「…………」

て、よく解らない。

お葉は絶句した。

海千山千《うみせんやません》で花柳界《かりゆうかい》を渡ってきたお葉にも、その筋のことは、解っているようでい
ふと、甚三郎が生きていたら、こんな場合、どうするのだろうかと思った。

「だがよ、寧ろ、おせいが鉄火打《てつかうち》の手を離れてくれてよかったのよ。非人小屋にいるのなら、足洗をさせれば、元に戻ることが出来るからよ」

友七がお葉を窺う。

「それでだ、おせいが入《へえ》った非人小屋の頭と話をつけてきたんだがよ。おめえさん、五十両、用意できるか?」

「えっ、ああ、勿論、用意できてるよ。今すぐ持って行くかえ?」

「いや、明日の正午、俺が寺島村まで届けることになっているからよ。それから、簡単な儀式を済ませ、おせいの身柄を引き取ると、八ツ(午後二時)には長命寺《ちようめいじ》に行けると思う。女将、そこでおせいを迎えてやってくれねえか? いきなりここに連れて来たんじゃや、おせいも肩身《かたみ》が狭かろうからよ」

「解ったよ。堅気《かたぎ》の着物を一式揃《そろ》えて持って行くからさ。ああ、親分、なんと礼を言ったらよいか……。それで、親分はおせいに、もう?」

「ああ、逢った。あいつ、泣いて悦んでたぜ。おとっつァんの言葉なんて信じちゃいなかったが、まさか、あそこまで地に落ちていたとは知らなかった……、とそう言ってよ。親父が寺銭《てらせん》のもつれで刺し殺されたと聞いても、唇をきっと嚙《か》み締め、いつかはこうなると思っていた、これでいいんですよってな……。が、おめえが足洗の掛かり費用を払い、日々堂に引き取ると言っていると伝えたときには、傍目《はため》も憚らずに、はらはらと涙を零《こぼ》してよ。生きていて良かった、何度、大川《おおかわ》に身を投げようと思ったことか……、とそう言ってよ」

お葉の胸に、うっと熱いものが込み上げてくる。

ご免よ、おせい……。

二度と、おまえを離さないからね。

今度、おまえが離れていくのは、心《しん》から、おまえが惚れた相手に巡《めぐ》り逢えたとき……。

それまでは、何があろうと、決して、離さないからね。

お葉は堪《こら》えきれずに、袂で顔を覆うと、肩を顫わせた。

「明日が待ち遠しいな」

友七がぽつりと呟く。

お葉は顔を覆ったまま、うんうんと頷いた。


翌日は、冬場には珍しく、目の醒《さ》めるような青空が広がった。

たまたまこの日は涅槃会《ねはんえ》とあって、長命寺は涅槃講《ねはんこう》に訪れた人で賑《にぎ》わっていた。

境内《けいだい》の梅も今が満開で、まさに見頃である。

お葉は参道《さんどう》にある茶店に部屋を取ると、友七親分とおせいを待った。

ここは桜餅《さくらもち》が名物である。

そのため、店先の床几《しょうぎ》席《せき》には、桜餅目当ての客が常にも増して押しかけ、大盛況であった。

「注文はお連れさまがお見えになってからに?」

愛らしい面立《おもだ》ちをした茶汲女《ちゃくみおんな》が、奥の座敷にお葉を通すと、慇懃《いんぎん》に訊ねた。

「ああ、そうしておくれ」

お葉はそう言うと、心付けとして、早道《はやみち》(小銭入れ)から十文銭を三枚摘《つま》み出し、茶汲女に渡した。

「あっ、これはどうも……」

茶汲女は満面に笑みを浮かべ、辞儀をして出て行った。

二十歳《はたち》そこそこであろうか、目鼻立ちのはっきりとした、なかなかの美印である。

それもそのはず、この茶店は桜餅だけでなく、茶汲女に見目《みめ》よい娘を揃えているのでも評判で、女ごたちの中の一人が錦絵《にしきえ》に描かれたとか、どこかの殿様に見初《みそ》められ、下屋敷のお女中に取り立てられたとか、お葉もそんな噂を耳にしたことがある。

おせいとほぼ同じ年格好ながら、片や、人も羨《うらや》むほどの脚光《きやっこう》を浴び、もう片方は、形《なり》こそ鳥追姿で華やかに見えても、人にあらずと世間から蔑《さげす》まれる宿命《さだめ》を余儀《よぎ》なく強《し》いられているのである。

おせいは八ツきっかり、友七に連れられ、現われた。

「姐さん、あたし……」

おせいは友七の後から座敷に入ると、お葉を見て、立ち竦んだ。

「おせい、おまえ、よくご無事で……」

お葉も感に堪えず、おせいの傍まで寄ると、ぐいと胸に抱き締めた。

「姐さん、姐さん、あァん……、あァん……」

おせいがお葉の胸の中で啜《すす》り泣く。

「いいんだよ。もう、何も言わなくていい……。解ってるからね、解ってるんだよ」

お葉がおせいの背を擦《さす》り続ける。

言葉など要らない。

黙っていても、ひしひしと、おせいの想《おも》いが伝わってくるのだった。

そんな二人を、友七が目を潤《うる》ませて見守っている。

そうして、ひとしきり感慨《かんがい》に噎《むせ》んだ後、友七が改まったように咳《しわぶき》を打った。

「おめえら、感慨無量《むりよう》なのはよく解るがよ、二人とも、そろそろ坐っちゃどうだえ？　ここの桜餅は美味《うめ》ェぞ！　四方《よも》山話《やまばなし》は食いながらだ」

友七に言われ、お葉とおせいが顔を見合わせる。

暫く見ない間に、おせいの顔は一回り小さくなったように思えた。

冬木町にいた頃は化粧《けしよう》気《け》のなかったおせいだが、現在《いま》は、首筋に白粉《おしろい》の跡が見え、目の下に出来た隈《くま》に苦労の跡が窺えるが、少し含羞《はにか》んだようにお葉を見上げる目は、以前と少しも変わらない。

「おまえ、お腹は？　桜餅もいいが、お腹が空《す》いているのなら、小《こ》中《じゆう》飯《はん》に御強《おこわ》（赤飯）でもどうだい？」

お葉が訊ねると、おせいは首を振った。

「胸が一杯で、とても喉を通りそうにありません」

「そうかえ。じゃ、桜餅を貰おうね。今宵はおまえを歓迎する意味で、おはまに祝《いわい》膳《ぜん》を仕度させているからね。そうだ、親分も同席して下さいな」

「おっ、俺もか？　そりゃ、是非にも相伴に与らなくっちゃな」

友七がパァンパァンと手を叩き、茶汲女を呼ぶ。

「あのォ……、あたしを歓迎って、じゃ、親分がおっしゃっていた、あたしを日々堂に迎えて下さるというのは、本当だったんですね？」

おせいが気を兼ねたように、上目にお葉を窺う。

「本当だとも！　おはまも、あっ、これは勝手方を仕切っている女ごなんだがね、おせいが勝手方に入ってくれると百人力《ひゃくにんりき》だと、手放しで悦んでいるのだよ。だって、そうだろう？　おまえの仕事ぶりは、このあたしが一番よく知っているからね。本当は、あたしが日々堂に入るとき、おまえを一緒に連れて来ればよかったんだ。ご免よ……。よく調べもしないで、嫁に行くのが女ごの幸せなんて、無責任なことを言っちゃって……」

お葉がおせいの目を瞠め、手を合わせる。

「姐さんが悪いんじゃない。悪いのは、あたしのおとっつァんなんだから……。それなのに、また、姐さんに尻拭いをさせちまって、あたし、なんと言っていいのか……」

おせいの目に、再び、涙が盛り上がる。

「おっと、そこまでだ！　その話はもう終《しめ》ェだ。何もかもが、過ぎたこと……。おっ、ようやく来たか。済まねえな、ねえさん、桜餅と茶を三人前《さんにんめえ》くんな！　何か別のものをと思ったが、生憎、今宵は馳走が待っているというもんでよ」

折良く入って来た茶汲女に、友七が注文を通す。

おせいは慌てて袂で涙を拭った。

「あたしのお古で悪いけど、紬《つむぎ》と帯を持って来たからね。深川に帰る前に着替えたらいいよ」

お葉がそう言い、持参した風呂敷包みをおせいに渡す。

「ところでさ、おまえが今宵から寝起きをする場所なんだけど、日々堂では、宰領《さいりよう》の正蔵、おはま夫婦が近所に裏店を借りているだけで、他の店衆や女衆は見世の二階にある使用人部屋を使っていてね。ただ、清太郎の乳母《うば》であるおこんだけが、あたしや清太郎と一緒に一階にいるんだが、おこんの使っている部屋は六畳間でね。おせいにはおこんと一緒にそこを使ってもらおうと考えているんだが、どうだろう……。おせいも二階にと思うことは思ったんだが、あたしはおまえに少しでも近くにいてもらいたくてね」

お葉はそう言うと、運ばれて来た桜餅の皿をおせいの前に押し出し、お食べ、と促す。

「そりゃいいや。声をかければ届く距離にいる……。冬木町の再現ってもんだ。おせい、良かったじゃねえか！」

友七が早速桜餅をぱくつき、美味《うめ》ェ、やっぱ、桜餅は長命寺に限る！と相好《そうごう》を崩す。

正《まさ》な話、おせいをおこんと同室にと腹を決めるまで、お葉には迷いがあった。

正蔵やおはま、おちょうが別の裏店に住み、清太郎の乳母であるおこんが階下に住むのは致し方ないとしても、おせいを他の女衆と切り離し、特別扱いにするのはいかがなものかと考えたのである。

だが、おせいは新参者であり、事情のある身の有りつき……。

果たして、おせいが他の女衆の中にすんなりと入っていけるであろうか……。

お葉はおせいが気懸《きが》かりでならなかった。

冬木町にいる頃、おせいには何度助けられたことであろうか。

甚三郎への想いに悶々《もんもん》とするお葉に、姐さん、自信をお持ちなさい、姐さんほどあの男《ひと》に相応《ふさわ》しい女《ひと》はいないんだから、と励ましてくれ、お葉が甚三郎に初めて手料理を振る舞うことになった折には、味噌汁の出汁《だし》の取り方、米の研《と》ぎ方などを懇切丁寧《こんせつていねい》に指導してくれたのである。

結句、初の手料理は失敗に終わったのだが、それはおせいのせいではなく、何もかもがお葉の不徳《ふとく》の致すところであり、おせいがいなければ、味噌汁に出汁が必要だということすら知らなかったのである。

そして、猫のシマ……。

シマを亡くしたときのお葉の哀《かな》しみようは、半端《はんぱ》なものではなかった。が、あのときも、シマの亡骸《なきがら》をいつまでも抱き締めて離そうとしないお葉に、姐さん、シマを土に戻してやりましょう、そうすれば、必ず、生まれ変わって、姐さんの元に戻って来てくれますよ、と言い、庭に穴を掘って、シマの亡骸を埋めてくれたのである。

今思えば、おせいに助けられたことを挙《あ》げれば、枚挙《まいきょ》に暇がない。

だから、今度は、あたしがおせいを護《まも》ってやらなければ……。

そう思い、逡巡《しゅんじゅん》する想いを振り払い、おせいをおこんと同室にすることに決めたのだった。

桜餅は美味《おい》しかった。

小春日和《こはるびより》の下《もと》、開け放たれた窓から、大川沿いの桜並木が見えた。桜が咲くのはもう少し先のようだが、うらうらとした陽射《ひざ》しに、木々がところどころで光って見える。

「あたし、旦那とここに桜を見に来たことがあってね。あの頃のあたしは小娘のように胸が弾んでいた……」

桜並木を眺《なが》め、お葉が目を細める。

「ああ、姐さんも現在《いま》では心《しん》から日々堂の女将になられたんですね。だって、自分のことを、あっちじゃなくて、あたしと言っていなさるんだもの……」

おせいが初めて頬を弛めた。

「何を言ってるんだえ！　照れるじゃないか」

お葉は慌てた。

すると、友七が槍《やり》を入れてくる。

「おう、この女《ひと》はよ、現在《いま》じゃ、日々堂の、いや、黒江町界隈の女帝だからよ。怖《こえ》ェぞォ！」

「親分、てんごうを！」

「ついでに言うなら、この女帝は、気は優《やさ》しくて力持ちならぬ、男勝《おとこまさ》り！　が、おせい、他人《ひと》のことは言えねえぜ。おめえも今日から日々堂の一員だ。お葉さんのことを、いつまでも姐さんと呼ぶんじゃねえ！　女将さんと呼ぶんだな」

友七に言われ、おせいが首を竦める。

「女将さん……。ああ、なんて、よい響《ひび》きなんだろう。はい、今日から、女将さんと呼ばせてもらいます」

「よォし！　それでいい。ようやく、素直なおせいが戻って来た……。なあ、女将、目出度《めでて》ェな！」

友七が戯《おど》けたように片目を瞑《つぶ》り、お葉とおせいが顔を見合わせる。

充足《じゅうそく》した想いに、胸の辺りがぽっと熱くなった。

おせいはすぐさま日々堂の女衆に溶《と》け込み、元々、打てば響くようなところがあるせいか、忽《たちま》ち勝手方の二番手として、きりきりと立ち働くようになった。

ただ、冬木町の厨と違い、何しろ四十人近くの賄《まかな》いを、それも、ひと息つく間もなく、三食を次々に作るのであるから、その量の多さに驚いたようである。

が、それも、一通り要領を覚えてしまうと、後はもう、楽勝である。

「女将さん、おせいは拾いものでしたよ。あれなら、あたしが目を光らせていなくても、安心して厨を委せられますね」

おはまは手放しで悦んだ。

「女衆たちと甘くやっているかい？　あたしはそのことだけが心配でね」

お葉が気遣《きづか》わしそうに言うと、おはまは一笑《いっしょう》に付した。

「女将さんて、どこまで心配性なんだろう！　大丈夫ですよ。あの娘《こ》は苦労人だもの、決して、仕こなし振りな態度は見せないし、誰に対しても、立てるところは立てていますからね」

「じゃ、おせいをおこんと同室にしたことを、不満に思う者はいないのだね？」

「当たり前じゃないですか。だって、おせいは女将さんが冬木町にいなさった頃から仕《つか》えていた娘ですよ。誰もが、当然と思っていますよ。それに、おせいがおとっつァんのせいで非人扱いにされちまったことも皆知っていて、同情していますからね。いえね、最初《はじめ》は、隠そうかとも思ったんですよ。けど、町小使《まちこづかい》（飛脚）の中には鳥追姿のおせいを見掛けた者もいるらしくて……。だから、隠そうとすれば、却《かえ》って、話が妙にこじれてしまいますでしょう？　それで、あたしは本当のことを皆に打ち明けたんですよ。おせいには何一つ非がない、それなのに、あんな可哀相《かわいそう》な身の有りつきとなり、女将さんが必死な思いで救い出してきたんだから、おまえたちもおせいがここで暮らしやすいように支えてやっておくれって、そう言ったんですよ。異論を唱《とな》える者なんて誰一人としていませんでしたね。おせいにしても、隠していたのでは、いつ暴露《ばれ》るかと常に怯《おび》えていなきゃならないでしょう？　けど、隠す必要がないとなれば、そのほうがずっと暮らしやすいと思いましてね」

おはまが訳知り顔をする。

ああ、それで……。

お葉も納得した。

ここに来たばかりの頃は、不安に、どこかしら怯えたような表情を見せていたおせいだが、二日もすると、すっかり顔から角が取れ、時折、店衆の冗談に声を上げて笑うようになっていたのである。

「それに、坊ちゃんとすっかり仲良しになっちまって……。シマが繋いだ縁ですよ！　だって、あの娘《こ》ったら、女将さんがシマを見たときとそっくり同じ表情をしたのですもの……。シマ！　って叫んだきり、硬直しちまって……。名前までが同じシマだと知って、また、びっくり……。あたしね、あの姿を見て、改めて、女将さんとおせいの繋がりの深さを知らされたように思いましてね。女将さんとおせいには、二人にしか解らない、思い出があるんだって……。だから、別れ別れになっても、再び、巡り逢う……。つまり、宿世《すくせ》の縁なのじゃなかろうかってね」

おはまはしみじみとした口調で言った。

そうかもしれない。

人は皆、宿世の縁によって繋がれている……。

そう思えてならなかった。

契りが深ければ、離れ離れになっても、いずれまた、姿を変えてでも、戻って来る。

袖擦り合うも他生《たしょう》の縁とは、全く以《もっ》て、よく言ったものである。

お葉がそんなふうに思ったときである。

清太郎が血相《けっそう》を変えて、水口から厨へと飛び込んで来た。

「おっかさん、大変だ！　シマが……、シマが……」

厨から、清太郎が興奮したように鳴り立てる。

お葉とおはまは顔を見合わせ、厨へと向かった。

「どうしたえ？　大きな声で……」

お葉が土間に下りて行くと、清太郎がぐいとその腕を掴んだ。

「早く来てよ！　シマが変なんだ」

「シマが変だとは、一体、何が変なんだい？」

「だって、納屋の屋根に登って、気色の悪い声を出しているんだもの」

清太郎が大真面目《おおまじめ》な顔でそう言うと、厨にいたお端下が、一斉に、ぷっと噴《ふ》き出した。

「嫌だ、坊ちゃん！　シマはね、盛りがついたんですよ」

お端下の一人が言うと、清太郎はムキになった。

「盛りってなんだい！　シマはね、怪我が治ったばかりなんだ。あんな声を出していたら、今度は、病気になっちまうじゃないか！」

再び、厨にわっと笑いの渦《うず》が巻いた。

清太郎がとほんとした顔をする。

それを見て、おせいが、あらあら、と清太郎の傍に寄って行く。

「清ちゃん、さっ、おせいと外に出てみようね。シマはね、現在《いま》、恋をしているのよ。猫だって、犬だって、勿論、人間も誰かをものすごく好きになるでしょう？　シマはね、恋が出来るほど元気になったのよ。良かったね。悦んでやらなくっちゃ！」

そう言いながら、おせいが清太郎の背中に手を廻し、納屋のほうへと歩いて行く。

お葉もゆっくりとその後を追った。

ウォーンオンオン！

納屋の上で、シマが物凄《ものすさ》まじき声を張り上げている。

魂を揺さぶるほどに、嫋々《じょうじょう》とした愛の叫び……。

「シマ、恋をしているの？」

「そうだよ。恋しい相手と結ばれるといいね。そうしたら、今度は、怪我や病気ではなく、シマに赤ちゃんが出来るんだもの」

「赤ちゃん？　えっ、本当に、シマに赤ちゃんが出来るの？　わっ、いいんだ！　だったら、シマ、もっと鳴いていいよ。おいら、シマが赤ちゃんを産むのを愉《たの》しみにしているからさ！」

清太郎が燥《はしや》ぎ声を上げる。

が、お葉は慌てた。

まっ、おせいったら、なんてことを言うんだろう！

シマは雄《おす》じゃないか！
赤ちゃんなんか産みやしない……。
が、慌てて二人に近寄りかけ、つと、脚を止めた。
まっ、いいか。シマが雄でも、子を持つことには変わりがないんだもの……。
恋に上下の隔《へだ》てなく、無論、シマにも……。
束の間にせよ、現在《いま》は、清太郎に春の夢を見させてやろう。
そう思うと、どこかしら、お葉の胸にも、そろりと春が忍び入ったように思えた。

# 花の雨

戸田龍之介が訪《おとな》いを入れると、応対に出た婢《はしため》があっと目を瞠《みは》り、狼狽《うろた》えたように、ちらと背後を窺《うかが》った。

「どうした？　予告もしないで、久方振りに訪れたものだから、余程、驚いたようだのっ」

龍之介はそう言いながら、式台に片脚《かたあし》をかけた。

「あっ、お待ち下さいまし！　今、奥方さまを……」

久米《くめ》という婢は挙措《きよそ》を失い、そこで待っているようにと手で制すと、小走りに奥へと入って行った。

龍之介が千駄木《せんだぎ》の鷹匠《たかじよう》屋敷を出て四年……。

これまでに幾度となく、気随《きずい》に兄夫婦を表敬訪問してきたが、玄関先で待たされることなど初めてのことである。

龍之介は意表《いひよう》を突かれた恰好《かつこう》で、自嘲《じちよう》気味《ぎみ》にはンと鼻で嗤《わら》った。

すると、嫂《あによめ》の芙美乃《ふみの》が衣擦《きぬず》れの音を響かせ、浮き足だったように玄関先へと出て来た。

「龍之介さま……。随分永《なが》いことお見えにならなかったものですから、驚きましたわ」

やはり、芙美乃もどこかしら妙である。

「…………」

龍之介は芙美乃の腹を探ろうと、訝《いぶか》しげに目を返した。

すると、芙美乃が動揺を隠すかのように、さっと目を逸《そ》らす。

「何か、わたしが来ては拙《まず》いようなことでもおありですか？　なんなら、出直しましょう」

「滅相《めっそう》もございません、拙いだなんて……。さあ、どうぞ、お上がり下さいませ。丁度、宜《よろ》しかったわ。現在《いま》、庭で茂輝《しげき》が素振りをやっていますのよ。龍之介さまが見て下されば、あの子もさぞや悦《よろこ》ぶと思います」

そう言うと、芙美乃は中庭の見える座敷へと龍之介を案内した。

茂輝は庭土を均《なら》して造った稽古場《けいこば》で、胴着《どうぎ》、稽古袴《ばかま》、鉢巻《はちまき》といった出《い》で立ちで、竹刀《しない》を手に、面打《めんう》ちの稽古をしていた。

暫《しばら》く見ない間に、また少し、背が伸びたように思える。

「エイッ！」

竹刀を左肩に振りかぶって素早く打ち出し、ぴたりと止める。

汗が鉢巻を濡《ぬ》らし、こめかみにまで伝っていた。

龍之介は芙美乃が出してくれた座布団《ざぶとん》を縁側まで運ぶと、どかりと胡座《あぐら》をかいた。

「あっ、叔父上《おじうえ》！」

茂輝が龍之介に気づき、駆け寄って来る。

「どうした、もう終《しま》いなのか？」

「だって、叔父上がおいでになるのは久し振りのことなのですよ！　ねえ、どうして今まで来て下さらなかったのですか？」

茂輝は鉢巻を取ると、額の汗を拭った。

随分と息が上がっている。

「なに、野暮用《やぼよう》が多くてよ。食うためには、年中三界《ねんじゅうさんがい》、あくせく働かなければならぬのでな」

「ここにお戻りになれば、食べることには心配がありませんのに……。母上がいつもそう申しています。あっ、そうだ、叔父上に報告しなくてはなりません。もうすぐ、切紙目録《きりがみもくろく》が貰えるのですよ。十日後、師匠の総見《そうけん》があるのですが、今度こそ大丈夫だろうと、師範代が太鼓判《たいこばん》を押して下さっていますので……」

茂輝が目を輝かせる。

「ほう、それは重畳《ちょうじょう》！　大したものだ。茂輝は十一歳だろう？　それで切紙目録とは、上出来だ」

「いえ……」

茂輝がつと顔を曇《くも》らせる。

「寧《むし》ろ、遅いくらいです。同期の早坂《はやさか》など三月《みつき》も前に貰いました。腕はわたしとほぼ互角《ごかく》だというのに、早坂は師範代の甥《おい》なので、それで、早く貰えたのです」

茂輝は悔《くや》しそうに唇を噛《か》んだ。

「おいおい、茂輝、何を言っているのだ！　下手《へた》こそは上手《じょうず》の鏡なれ、謗《そし》るべからず返す返すも……。これは、わたしが剣術を始めた頃、師匠からよく言われた言葉だ。決して、焦《あせ》るべからず！　無心の稽古あるのみ……。打って反省、打たれて感謝の心で、相手から学ぶ姿勢を忘れなければ、必ずや、上達するものだ」

龍之介が茂輝の目を瞠《みつ》め、ふっと目許を弛《ゆる》める。

思えば、自分も茂輝の年頃には、理屈では解《わか》っていても、もう一つ身体《からだ》で体得《たいとく》できず、悔し紛《まぎ》れに、日が暮れるのも忘れて、闇雲《やみくも》に竹刀を振り回したものである。

剣術は力ではなく、心の修行《しゅぎょう》だと気づいたのはもう少し先のことで、無心の技《わざ》を体得したのは、それこそ、皆伝《かいでん》を授《さず》かった頃のことだった。

「おや、稽古はもうお終いですか」

芙美乃が婢を伴《ともな》い、茶と菓子を持って座敷に入って来る。

「茂輝が切紙目録を貰えそうだと言うのでな。現在《いま》、剣術の心得《こころえ》というものを話していたところだ」

「まあ、それは良かったこと！　茂輝、叔父上からよく教わるのですよ。この子は気性が荒く、勝ちたい一心で……。気持のほうが先に立ってしまうのが、どうやら欠点のようですの。さあ、お茶を召《め》し上がれ！」

芙美乃がふわりとした笑みをくれ、茂輝に手を洗ってくるようにと言う。

「わっ、叔母上《おばうえ》持参の草餅《くさもち》ですね。稽古が終わったら、食べようと思ってたんだ！」

賢《さか》しらな顔をしていても、そこはまだ、十一歳の子供である。

茂輝は無邪気《むじゃき》に言い放つと、井戸端へと駆けて行った。

叔母上？

龍之介は茂輝の言葉の意味が解らず、胡乱《うろん》な目を芙美乃にくれた。

芙美乃が首を竦《すく》める。

「実は、琴乃《ことの》さまがお見えでしてね」

琴乃という名に、龍之介の胸がコトンと音を立てた。

「えっ……」

龍之介が絶句すると、芙美乃は離れのほうに視線を流した。

「義母上《ははうえ》の体調が優《すぐ》れませんの。哲之助《てつのすけ》さまと琴乃さまの祝言《しゅうげん》が終わり、二月《ふたつき》ほどした頃でしょうか……。屢々《しばしば》、床に就《つ》くようになられましてね。そして遂《つい》に、今年に入ってからは、起き上がることもままならなくなりました……。それで、琴乃さまも心配をなさり、このところ、三日に上げず、見舞いに来て下さるのですよ」

芙美乃が辛《つら》そうに目を伏せる。

「義母上が病《やまい》とは……。どこがお悪いのでしょう」

「お医者さまの話では、心《しん》の臓《ぞう》が弱っているとのことで……。今はただ、発作《ほっさ》が起きないことを願うばかりなのです。そんな理由《わけ》で、先程は、龍之介さまに無様《ぶざま》な態度を……。琴乃さまがお見えになっていることを、どのように話せばよいのか解らず、恐慌《きょうこう》を来してしまったのです。お許し下さいませ」

芙美乃は深々と頭を下げた。

「義姉上《あねうえ》、頭をお上げ下さいませ。わたしのほうこそ、そんなこととはつゆ知らず、野放図《のほうず》に押しかけてしまい、申し訳ありません。お茶を頂いたら、早々に退散いたしますので……」

龍之介がそう言うと、身形《みなり》を調《ととの》えて戻って来た茂輝が、泡を食ったように寄って来る。

「退散だなんて、駄目ですよ！　今来たばかりじゃないですか。叔父上、今日はゆっくりとして下さいませ。そうだ、夕餉《ゆうげ》を一緒に頂きましょう。そうすれば、父上もきっとお悦びになります。ねっ、母上からも頼んで下さいませ！」

茂輝が龍之介の袖口《そでぐち》を掴《つか》み、ゆさゆさと揺する。

「そうですわ、龍之介さま。せっかくですもの、義母上にお顔を見せてあげて下さいませ。それに……」

芙美乃は言い淀《よど》み、そっと茂輝を窺った。

が、どうやら腹を決めたとみえ、つと顔を上げる。

「現在《いま》、琴乃さまからお逃げになったのでは、これから先もずっと、逃げ続けなければなりませんよ。過去はどうあれ、現在《いま》は、義理の兄妹《きようだい》なのですもの、それなりの接し方をしなければなりません。わたくし、龍之介さまと琴乃さまには、それが出来ると信じています」

芙美乃はそう言うと、龍之介をじっと見据えた。

「…………」

龍之介には、返す言葉もなかった。

芙美乃の言うとおりなのである。

結句、俺は琴乃から逃げたのだ……。

一年前、芙美乃から義弟《おとうと》の哲之助が内田《うちだ》家の養子に入ることに決まったが、現在《いま》ならまだ間に合う、龍之介さまはそれでよいのかと質《ただ》された折、戸田、内田両家にとって、それが一番良い方法だと自分は思っていると答え、恰《あたか》も、周囲《まわり》の幸せを考えて身を退《ひ》いたかに見えたが、果たして、琴乃の想《おも》いまで考えていたであろうか……。

その実、琴乃は哲之助と祝言を挙《あ》げるぎりぎりまで、龍之介の行方《ゆくえ》を捜《さが》し続け、龍之介が幸せに暮らしていることを確認するまでは、誰とも祝言を挙げるつもりはないと言い張っていたのである。

結句、義母夏希《なつき》に騙《だま》された恰好で、琴乃と哲之助は祝言を挙げたのであるが、あのとき、龍之介に琴乃を受け止める覚悟があれば、夏希や哲之助がどう思うと、横紙《よこがみ》を破ってでも、琴乃の元に駆けつけたであろう。

琴乃を愛していなかったわけではない。

それどころか、狂《くる》おしいまでに、琴乃を欲していた。

が、龍之介には夏希の心も解れば、哲之助の心も解る。

何より、食わず貧楽《ひんらく》と生きる市井人《しせいびと》にどっぷりと浸《ひた》ってしまい、堅苦《かたくる》しい仕来《しきた》りや

　矜持《きょうじ》に拘《こだわ》る武家社会に、嫌気《いやけ》もさしていた。

　だから、本音《ほんね》を言えば、身を退いたというより、逃げたというほうが当たっているだろう。

　現在《いま》、逃げたのでは、これから先もずっと、逃げ続けなければなりませんよ……。

　芙美乃の言葉は、情け容赦《ようしゃ》もなく、ぐさりと龍之介の胸に突き刺さった。

　そうなのだ……。

　ここに来て、再び、逃げるわけにはいかない。

「解りました。義母上を見舞いましょう。琴乃どのにも挨拶《あいさつ》を致します」

　龍之介は腹を括《くく》ると、きっぱりと言い切った。

「わっ、いいんだ！　じゃ、今日は夕餉も一緒に食べていって下さるんですね？」

　茂輝は興奮して手を叩いたが、思い出したように芙美乃に訊《たず》ねる。

「母上、先程、叔父上に逃げてはならないとおっしゃいましたが、どういうことですか？　何故、叔父上が叔母上から逃げなきゃならないのですか？」

「茂輝！　お止《よ》しなさい。大人の会話に口を挟《はさ》むものではありません」

　芙美乃がきっと茂輝を目で制す。

　途端に、茂輝は潮垂《しおた》れたが、ばつの悪さを隠すかのように龍之介と芙美乃を窺うと、ぱくりと草餅を頰張《ほおば》った。


「義姉上……」

障子《しょうじ》の外から声がかかった。

草餅を頰張っていた龍之介が、慌てて茶で餅を飲み下すと、目を白黒とさせる。

琴乃の声であった。

「琴乃さま、どうぞ、お入り下さいませ」

芙美乃が、いいわね、と龍之介に目配せをしてみせる。

龍之介は姿勢を正した。

障子がするりと開く。

琴乃は顔を上げかけ、あっと、一瞬、身を硬くした。

「琴乃さま、龍之介さまがお見えなのですよ。丁度これから、離れに声をかけようかと思っていたところですの」

芙美乃はそう言うと、さあ、中に、と琴乃を促《うなが》す。

「お久しゅうございます」

龍之介が深々と頭を下げる。

琴乃はつつっと足袋《たび》で畳を擦《こす》るようにして、座敷に入って来た。

その姿を見て、龍之介は息を呑《の》んだ。

琴乃のお腹がぷくりと前に迫《せ》り出していたのである。

聞かずとも、琴乃が懐妊《かいにん》していると知った。

しかも、この腹の大きさから見て、既に、お腹の子は七、八ヶ月……。

「ご無沙汰《ぶさた》しております。お見かけ致しますに、龍之介さまにはご息災《そくさい》の様子……。祝着至極《しゅうちゃくしごく》にございます」

琴乃がお腹を庇《かば》うようにして、頭を下げる。

「まあ、なんでしょう！　お二人とも、他人行儀な……。お二人が逢《あ》われるのは四年ぶりのことなのですよ。さぞや、積もる話もおありでしょうし、わたくし、婢に夕餉の指示をして参りますので、どうぞ、ごゆるりとお話し下さいませ」

芙美乃が微笑《ほほえ》み、立ち上がろうとする。

「いえ、義姉上、義姉上もどうぞご一緒に……」

琴乃が縋《すが》るような目で、芙美乃を見る。

まさか、ここで龍之介に逢うと思っていなかった琴乃は、余程、困惑《こんわく》しているようである。

芙美乃は再び腰を下ろした。

どこかしら、息苦しい雰囲気である。

龍之介は軽く咳《しわぶき》を打った。

「その節は、祝いを述べることも叶《かな》わず、申し訳ありませんでした。改めて、お祝いを申し上げます。お目出度《めでと》うございます」

龍之介が頭を下げると、琴乃はさっと膝《ひざ》に視線を落とした。

「有難《ありがと》うございます」

「何か祝いの品をと思ったのですが、それも思いつかず……」

「祝いなど……。とんでもございません。お心だけで充分にございます」

「…………」

「…………」

どうにも、ぎこちなく、気ぶっせいである。

「現在《いま》、幾月ですか？」

「そろそろ、十月《とつき》になりますか……」

十月……。すると、臨月《りんげつ》？

龍之介が驚いたような顔をすると、琴乃は慌てて言い直した。

「お腹の赤児《やや》でしたら、七月《ななつき》に入ったばかりにございます」

「そうですか」

再び、沈黙が続いた。

「あのう……」

琴乃が上目《うわめ》にそっと龍之介を窺う。

「龍之介さま、お子は？」

えっと、龍之介が琴乃に目を返す。

「わたしに子がいるかと、お訊《き》きですか？　子供など……。所帯も持てないわたしに、子が持てるはずがないではありませんか」

そう言うと、今度は、琴乃があっと目を瞠った。

そして、さっと、芙美乃に視線を移す。

「義姉上、これはどういうことなのでしょう」

「琴乃さま、これには理由《わけ》が……。というのも、どうやら、義母上が誤解をなさっていたようですの。龍之介さまが戸田の家を出られて、暫く音沙汰《おとさた》がなかったものですから、てっきり、龍之介さまが所帯を持たれたのだと、そうお思いになったのですよ。わたくしどもも、龍之介さまが未《いま》だ独り身《ひと》だと知ったのは、既に、琴乃さまと哲之助さまの縁談が決まった後……。それで、今更、琴乃さまのお耳に入れて、何もかもを混ぜ返すようなことになってはと思いまして……」

芙美乃はしどろもどろである。

龍之介は一つ太息《ふといき》を吐《つ》くと、いえ、それは違います、と答えた。

「どうやら、義姉上にも誤解があるようですね。わたしは祝言を挙げていないと言いましたが、心に決めた女《ひと》がいないと言ったわけではありません」

「…………」

「…………」

琴乃と芙美乃の視線が、痛いほどに龍之介を刺してくる。

「ですから、その意味では、義母上のお言葉は正しいかと……。琴乃どの、わたしは心に決めた女《ひと》にも想いを打ち明けられない、女々《めめ》しい男です。そんな男が所帯を持ち、子など持てるわけがありません」

「琴乃さま、思い違いをなさらないで下さいましね。龍之介さまは謙遜《けんそん》なさっているのですよ。けれども、何事も、これで良かったのです。現在《いま》では、琴乃さまは哲之助さまと温かい家庭をお築きなのですもの……。それに、後、二月《ふたつき》もすれば、赤児まで生まれるのですよ。内田家にとっては、待望の初孫……。それに何より、病床の義母上がお悦びなのですからね」

流石《さすが》は、怜悧《れいり》な芙美乃である。

取り繕《つくろ》うようにそう言うと、

「琴乃さま、産着《うぶぎ》を少しばかり用意しておきましたので、お帰りの際、お持ち下さいませね」

と琴乃に笑いかけた。

琴乃がつとお腹へと視線を移す。

「有難うございます」

その目の、なんと、幸せそうなこと……。

龍之介は強《したた》かに頬をぶたれたように思った。

龍之介が独り身と聞き、一瞬、夏希に騙されたのかと疑惑の色を見せた琴乃だが、お腹の子を瞠める、この愛《いと》しげな眼差《まなざ》し……。

これで良かったのだ……。

改めて、龍之介はそう思った。

琴乃は夕餉を一緒にと言う芙美乃の誘いを断り、迎えに来た駕籠《かご》に乗り、雑司ケ谷《ぞうしがや》へと帰って行った。

雑司ヶ谷では、哲之助が待っている。

隠居した内田孫左衛門《まござえもん》に替わり、哲之助が鷹匠支配内田家千石の当主の座に坐《すわ》っているのである。

運命とは、なんと皮肉なものであろうか……。

内田家の嫡男《ちゃくなん》威一郎《いいちろう》が三十三歳で急死しなければ、琴乃が婿《むこ》を取ることはなかったであろうし、龍之介も琴乃への思いを断ち切ろうと、琴乃の前から姿を消さなくて済んだのである。

そして、威一郎の死後、琴乃が内田家の跡取りとして婿を取ると知ったときには、既に遅し……。

夏希の計略により、哲之助が内田家の婿養子に入ると決まっていたのである。

鷹匠支配戸田藤兵衛《とうべえ》の後添《のちぞ》いとして入った夏希には、先妻の子忠兵衛《ちゅうべえ》、龍之介兄弟より、我が腹を痛めた哲之助がより可愛《かわい》いのは道理であろう。

しかも、学問や武芸、容姿《ようし》においても、我が子が龍之介に数段も劣《おと》るのであるから、夏希は居ても立ってもいられなかったに違いない。

それで、内田家に龍之介が他の女《おな》ごと所帯を持ったと嘘を吐いてまで、夏希は琴乃に哲之助を添《そ》わせようと躍起《やっき》となったのである。

結句、水は低きに流れるべく、収まるところに収まったのである。

そうなのだ……。

悪足掻《わるあが》きをしたところで致し方ない。二度と、哲之助のいる場所に自分がいたかもしれないという、莫迦《ばか》な考えは持つまい……。

所詮、自分と琴乃は縁がなかったのだ……。

そう思うと、幾らか、気が楽になった。

久方振りに見る夏希は、すっかり面変《おもが》わりしていた。

顔も身体も一回り小さくなり、鬢《びん》は半白《はんぱく》となっている。

夏希は龍之介を見ると、病臥《びょうが》したまま、胸前で手を合わせた。

「済まなかった……。許してたもれ……」

「義母上、もう何もおっしゃいますな。これで良かったのですよ。宜しゅうございましたね。琴乃どののお腹には、赤児が……。義母上もこれで本物のお祖母《ばば》さまになられるのですぞ！　ですから、一日も早く、元気になって下さいませ」

龍之介がそう言うと、夏希は顫《ふる》える手をつと差し伸べた。

龍之介がその手を握る。

「おまえさまは？　幸せにお暮らしか？」

夏希が掠《かす》れた声で言った。

「ええ、幸せですとも！　深川で、市井の者と毎日愉《たの》しく暮らしていますよ」

夏希はうんうんと頷《うなず》いた。

そうして、もう一度、許してたもれ、と呟《つぶや》く。

龍之介は答える代わりに、夏希の手をぎゅっと握り締めた。

夏希の目から、一筋、涙が伝い落ちる。

義母上……。

龍之介の胸に、つと熱いものが衝《つ》き上げてきた。


その夜、龍之介は兄忠兵衛と夕餉の膳を囲み、夜道は物騒《ぶっそう》だから泊まっていけと勧《すす》める芙美乃の言葉に甘え、久々に、嘗《かつ》て自分が使っていた部屋に床を取った。

部屋は四年前と少しも変わっていなかった。

文机《ふづくえ》の位置や書棚の書物の並べ方まで、何一つ、変わってはいない。龍之介がいつ帰って来てもよいようにと、部屋の掃除や換気に気をつけていたようである。

陽に当てられた夜具は心地よく、芙美乃の気遣《きづか》いに、龍之介の胸にぽっと温かい灯が点《とも》った。

ところが、夜具に身体を横たえ暫《しばら》くすると、龍之介はおやっと思った。ふんわりと蒲団《ふとん》に沈み込むような感触が、どういうわけか、身体にしっくりと来ないのである。

ここを離れて四年……。身体がすっかり裏店《うらだな》の煎餅蒲団《せんべいぶとん》に馴染《なじ》んでしまったからかもしれない。

龍之介はふふっと自嘲気味に嗤うと、闇の中に目を這《は》わせた。

「そなた、市井人となって気随に人生を愉しんでいると言うが、ならば、訊こう。そなたの生き甲斐《がい》とはなんぞや？　人として生まれて、真《まこと》の愉しみは生き甲斐に向かって突き進むことではないか？　のんべんだらりとした、その日暮らしの中で生まれる愉しみなど、泡沫《うたかた》といってもよいからのっ。そなたはそのようなものに惑《まど》わされる男ではないと信じているが、そうではないか？」

ふと、忠兵衛の言葉が甦《よみがえ》った。

「兄上、わたしは決してのんべんだらりと生きているわけではありません。生き甲斐は何かと訊かれましても、わたしには即座に答えることが出来ませんが、文字の書けない者に代わって文を書いたり、彼らの悩みを聞いてやったり、それに道場では、師範代の代わりを務めることもあります。兄上の言われる生き甲斐には程遠いかもしれませんが、決して、意味のないこととは思っていません」

龍之介がそう答えると、忠兵衛はうむっと腕を組んだ。

「確かに、門弟《もんてい》に剣術の稽古をつけてやることは、それなりに意味があること……。が、代書というのか？　それは、単なる手内職にすぎないではないか。文字の書けない者の代わりを務めるのであれば、なに故、その者に文字を教えようとしない？　一人でも文盲《もんもう》を少なくすることに努《つと》めるというのであれば、生き甲斐といえるが、代書だけでは、ただの金儲《かねもう》けにしかすぎぬ」

「では、兄上はわたしに寺子屋を開けとお言いなのですか？　けれども、深川には浪人が開いた子供相手の寺子屋が数多《あまた》とあり、不文字《ふもじ》の大人に至っては、どちらかといえば読まぬ同士書かぬ同士を自慢している節《ふし》が見られ、どうしても読み書きを必要とする場合は、金を払ってでも、代書屋の手を借りる……。それが現状なのです」

「それで、便り屋からそなたに仕事の口がかかるというのだな？　だが、哀《かな》しいのう……。昌平坂《しょうへいざか》で優秀な成績を収め、居合《いあい》の神明夢想流《しんめいむそう》では、皆伝まで授かったというのに、生涯、代書屋で過ごすのではのう……」

「いえ、まだ、それで生涯を、とまで思っていません。この先どうあるべきか、じっくりと考えてみるつもりでいます」

「龍之介……」

忠兵衛がきっと龍之介を睨《ね》めつけた。

「そなた、いっそ、鷹匠方組頭《たかじょうがたくみがしら》になってみる気はないか？　分家をするのよ。とはいえ、組頭となれど、百俵三人扶持しかやれぬが、それは表向きのことだ。現在《いま》では、哲之助は内田家の当主ゆえ、奴に気を兼ねることなく、そなたの待遇に色をつけてやることも可能……。そうなれば、堂々と妻帯することも出来るし、何より、戸田家の体面《たいめん》が保てる」

「わたしを鷹匠方組頭に？」

「なに、不満か……」

「不満などとは、滅相もありません。ですが、兄上、戸田家を分割することはなりません。徳川二代将軍の頃より賜《たまわ》った、鷹匠支配千五百石なのですから……。ご案じ下さいますな。戸田家の体面を潰《つぶ》すことなく、己《おのれ》の人生を突き進んでいきますゆえ……」

忠兵衛にはそう答えたが、だからといって、どこへどう突き進んでいけばよいのか、皆目《かいもく》、見当もつかない。

ヘン、どうでェ、随分と偉そうなことを言ったもんじゃねえか……。

龍之介はまたもや己を嘲《あざけ》るかのように、ふンと嗤った。

闇の中に目を据《す》えていると、再び、忠兵衛の言葉が耳底を叩いてきた。

「芙美乃から聞いたが、そなた、深川に好いた女ごがおるとな？　その女ごがそなたの迷いの原因《もと》か？」

えっと、龍之介は挙措を失った。

どうやら、忠兵衛は龍之介が芙美乃の前で放った、心に決めた女《ひと》がいる、という言葉のことを言っているようである。

が、あれは、琴乃に疑惑の目を向けられた夏希を庇《かば》おうと、咄嗟《とっさ》に口を衝いて出た言葉……。

琴乃の他に、心に決めた女ごなどいるはずもない。

龍之介は狼狽《ろうばい》を隠すかのように、片頬を弛めた。

「兄上、ご心配には及びません。片恋ですので、わたしがどう足掻《あが》こうと、手の届くような相手ではありませんん」

「そなた、まさか、他人《ひと》の女ごに横恋慕《よこれんぼ》しておるのではあるまいな？　それはならぬ！　人の道に外《はず》れるようなことだけは、断じて許さぬ！」

「ええ、ですから、それはただの淡《あわ》い想いで、だからといって、どうなるというものでもないのですよ」

忠兵衛は睨めつけていた目許を、ふと、弛めた。

「そなたも哀《あわ》れな男よのっ。叶わぬ恋にしか、心が動かぬとはのう……」

忠兵衛は、琴乃どの然《しか》り……、とでも続けたかったのであろう。労《いたわ》しそうに、憐《れん》憫《びん》の目を向けた。

忠兵衛も、龍之介の琴乃への想いを知っているのである。

知っていて、敢《あ》えて、夏希の計略に抗《あらが》おうとはせず、哲之助を琴乃の婿に差し出した忠兵衛……。

恐らく、そのことは澱《おり》となり、未だ、忠兵衛の胸の内で燻《くすぶ》っているに違いない。

「兄上、お戯《たわむ》れを！　わたしは決して叶わぬ恋に身を焦《こ》がしているわけではありません。これでも、結構こういった状況を愉しんでいるのですから、ご心配には及びません」

龍之介は態《わざ》と明るく言い放った。

今思えば、あのとき、龍之介の頭の中にはお葉がいたように思う。

琴乃や芙美乃の前では、飽《あ》くまでも幻《まぼろし》にしかすぎなかった女ごの存在が、忠兵衛に問い質され、言い逃れをしているうちに、いつしか、お葉の姿にすり替わっていた。

そのことに気づき、龍之介は慌てた。

まさか……。

龍之介は頭の中で何度も否定した。

あの女《ひと》は亡き日々堂甚三郎の内儀であり、現在《いま》は、便り屋を束《たば》ねる女主人《おんなあるじ》、そして、清太郎の義母《はは》……。

決して、甚三郎以外の男が入り込む余地もなければ、また、そうしてはならない女《ひと》なのである。

第一、肝心《かんじん》のお葉が自分を受けつけるはずもない。

お葉の心の中には、現在《いま》も尚《なお》、甚三郎がしっかと生きているのである。

そして、清太郎の中にも、甚三郎が……。

だから、自分は傍《はた》からそっとお葉や清太郎を見守っていければ、それでよい。

待てよ。すると、これが、兄上の言った叶わぬ恋なのか……。

いや、恋であるはずがない。

お葉に対する気持は、琴乃への狂おしいまでの恋慕《れんぼ》と違い、何かしら、肉親を想う気持に似ているのだから……。

そう思うと、憑《つ》き物でも落ちたかのように、気が晴れた。

ふわりと宙を漂っているような微睡《まどろ》みの後、龍之介は深い眠りへと落ちていった。


翌日、千駄木の鷹匠屋敷を後にして、深川に戻ると、龍之介はその脚で日々堂へと向かった。

昨日は一日顔を見せていないので、さぞや、お葉や清太郎が心配をしているに違いない。

そう思いながら暖簾《のれん》を潜《くぐ》ると、案の定、正蔵が龍之介の顔を見るや、戸田さま、昨日は一体如何《いかが》なさいました、と帳場から大声をかけてきた。

気配を察して、奥から清太郎も飛び出して来る。

「先生、どこに行ってたのさ！　おいら、午後から竹刀を手に、ずっと、待ってたんだぜ」

「おう、済まなかったな。ちょいと、千駄木まで脚を延ばしたものでよ」

「では、あちらにお泊まりで？　だったら、ちょいと知らせて下されば宜しいものを……。女将さんが随分と心配をなさっていましたよ」

正蔵が不満の色も露《あら》わに、ちょいと茶の間を顎《あご》で指《さ》す。

「済まねえ。だが、知らせようにも、知らせる術《すべ》がなくてよ」

「ご冗談を！　そのために、便り屋というものがあるのではないですか。うちの商《あきな》いを忘れてもらっちゃ困りますよ」

おお、そうか、と龍之介は苦笑した。

大川を渡った途端、便り屋というものがあることを失念してしまったが、浅草であろうが千駄木であろうが、どこにでも町小使《まちこづかい》はいるのである。

「とにかく、さあ、中へ……。蛤町の親分がお待ちかねにございますよ」

「友七親分が？　はて、なに用かのっ」

龍之介が怪訝《けげん》そうに首を傾《かし》げ、茶の間へと入って行く。

友七は長火鉢の前で胡座をかき、手持ち無沙汰に継煙管《つぎきせる》の羅宇《らう》を磨《みが》いていた。

「おう、やっと来たか……」

友七は龍之介の姿を認めると、如何《いか》にも待ちくたびれたといったふうに、不機嫌な顔をしてみせた。

「戸田さま、今までどこに……。昨日、昼餉《ひるげ》に見えないものだから、良作を奥川町まで走らせたんですよ。けど、隣のおぬいさんの話じゃ、朝方出掛けたきりで、夕刻近くになっても帰らないというもんだからさァ！」

お葉は清太郎にでもするかのように、めっと眉根《まゆね》を寄せた。

「やれ、勘弁《かんべん》してくれよな。たった今、宰領《さいりよう》から小言を食らったばかりだというのに、女将もかい？　いやね、千駄木に行ってたんだよ」

龍之介は友七の隣に、どかりと腰を下ろした。

「では、お実家《さと》で何か……」

お葉が訊ねると、龍之介は、なに、久方振りに兄夫婦を表敬訪問したまでよ、と木で鼻を括ったような言い方をし、友七へと視線を移した。

「で、親分が俺に用とは？」

友七は徐《おもむろ》に煙管に甲州《こうしゆう》（煙草）を詰めると、上目にちらと龍之介を窺った。

「今、女将に相談してたんだが、ちょいと、おめえさんの力を借りてェと思ってよ」

「力を借りたいとは……」

「聞くところによると、おめえさん、滅法界《めっぽうかい》、やっとうの腕が立つそうじゃねえか」

「いいえ、それは女将の買い被《かぶ》りですよ。たまに、師範代の代わりを務めることがありますが、わたし程度の腕なら他にいくらでも……」

「ほう、謙遜ときたか……。が、そういう奥ゆかしいところが、誠《まこと》に結構！　俺《おり》ャ、やっとうのことにはあんまし詳しくはねえが、なんだって？　おめえさん、居合が遣えるんだってな」

「ええ。神明夢想流の川添《かわぞえ》道場に束脩《そくしゅう》を入れておりますので、些《いささ》かなりとは……」

「川添道場といえば、おう、あの松井町《まついちょう》の？　小耳に挟んだ話じゃ、あそこの師匠はもうあまり永くねえそうだな？　中気《ちゅうき》で、一年あまりも寝たきりだというじゃねえか」

　おやっと、龍之介は首を傾げた。

　確かに、師匠の川添観斎《かんさい》は中気で寝込んで久しいが、一体、友七はなにを言いたいのであろうか……。

「が、まっ、そんなことはどうでもよい。実はよ、ここ一廻り（一週間）ほどのことなんだが、熊井町《くまいちょう》、佐賀町、今川町《いまがわちょう》と、立て続けに辻斬《つじぎ》りが出てよ。それも、夕《ゆん》べを入れて七件だ。一晩に一人の割合で、出会い頭に有無《うむ》を言わさず、一太刀で、右肩から下へと……。同心の正木《まさき》さまの見たところ、かなりの遣い手とか……。それでよ、此《こ》の中《じゆう》、俺をはじめとした深川南部の岡っ引きや下っ引きが、総出となって各所を張ってきたんだが、未だ、その姿を拝《おが》めねえ……。そればかりじゃねえ。そうやって網《あみ》を張っていたところで、それほど腕の立つ男が相手となったんじゃ、返り討《う》ちに遭《あ》っても仕方がねえからよ。そこでだ、腕に覚えのある浪人を何人か抱えたいと正木さまが言われてよ。俺ャ、すぐさま、おめえさんのことが頭に浮かんだってわけよ。なっ、どうだろう、一つ、頼まれちゃくれねえだろうか？　といっても、大《て》した手当が貰えるわけじゃねえ……。が、辻斬りをとっ捕《つか》まえるか、斬《き》り殺した暁《あかつき》には、奉行所より某《なにがし》かの褒美《ほうび》が貰えると思うからよ。だからよ、銭金の問題じゃなく、ここは一つ、深川の住民のためと意気に感じて、頼まれてもらえねえだろうか」

友七が龍之介の反応を窺うかのように、ちらりと横目に見る。

「解りました。丸腰《まるごし》の庶民を相手に辻斬りとは、剣士の風上《かざかみ》にも置けません！　わたしはそのような卑劣《ひれつ》な男は、断じて許せない。ああ、やりましょうぞ！」

「そう来なくっちゃ！　そうけえ、やってくれるか。そうと決まったら、早速、今宵からでも……。それでよ、おめえさんは俺と組んでもらうことにする。辻斬りの出る時刻は四ツ（午後十時）から四ツ半（午後十一時）頃……。だからよ、五ツ半（午後九時）頃、打ち合わせかたがた、御船橋《みふねばし》で落ち合うことにしようぜ」

「親分、一つ訊きたいのだが、これまで辻斬りが出た場所は、熊井町、佐賀町、今川町と言ったな？　てことは、大川に面した場所ばかり……。そこまで判《わか》っているのであれば、大川沿いの随所《ずいしょ》を張っていれば、辻斬りに遭遇《そうぐう》するのが早いような気がするのだが……」

「まっ、それなら話が早《はえ》ェんだがよ。辻斬りの出た場所が、永代橋《えいたいばし》、下ノ橋、中《なか》ノ橋《はし》、上《かみ》ノ橋《はし》、それに、夕べは千鳥橋《ちどりばし》の袂《たもと》でよ」

「千鳥橋？　ということは、佐賀町どころか、堀川町《ほりかわちょう》にまで亘《わた》っているということか！」

「そういうこった……。それでよ、最初《はじめ》は大川端をと思っていたんだが、これからは、橋に絞《しぼ》るほうがいいんじゃねえかと思うようになってよ。ところが橋となると、この深川には、大小併《あわ》せて、一体《いってえ》、幾つの橋があると思う？　とてものこと、全ての橋に網を張るわけにゃいかねえし、そうなると、おてちんでェ！　勘《かん》を頼りに動くよりしょうがねえんだもんな」

ある。

友七が大仰《おおぎょう》に太息を吐く。

友七が弱音《よわね》を吐《は》きたくなるのも、無理はなかった。

この深川は川と掘割《ほりわり》の町といってもよいほどで、橋の数も多ければ、仮に犯人を見つけたとしても、万が一、逃げられた場合を想定すると、退路《たいろ》を断つのは至難《しなん》の業《わざ》である。

だが、だからといって、手を拱《こまぬ》いているわけにはいかない。

「戸田さま、用心なさいませ。相手は相当の遣い手といいますからね。けど、なんだっていうんだろうね！　それほどの遣い手なら、金を稼ぐ方法が他にいくらでもあるだろうに……」

お葉が口惜《くちお》しそうに言う。

えっと、龍之介は驚いたように友七を見た。

友七が蕗味噌《ふきみそ》を嘗《な》めたような顔をして、頷く。

「そういうこった。一等最初の熊井町の場合は、掛け取りに出て、たまたま見世《みせ》に帰《けえ》るのが遅くなった、提灯屋《ちょうちんや》の番頭でよ。懐《ふところ》には、二十両ほど入《へえ》っていたそうだ。続いて、佐賀町だが、岡場所帰《げえ》りの小間物屋《こまものや》の若旦那が散茶舟《さんちゃぶね》から陸《おか》に上がったところで、バッサリ……。こいつはさんざっぱら遊んだ後で、大《てえ》して金は持っちゃいなかったが、それでも、一両ばかしは盗《と》られたんだろうて……。ところがだ、翌日の今川町に至っちゃ、どろけん（泥酔）になった流れ大工《でえく》だ。女房の話じゃ、確かに財布は盗られていたが、元々大《てえ》して銭を持ってたわけじゃねえし、どろけんになって帰《けえ》る日は、財布に銭が残っていたとしても、せいぜい穴明き銭（四文）が数枚……。こんな男の懐を掠《かす》めたってしょうがねえのに、と泣くのよ。まあな、誰が考えても、そんな男が大金を持っているとは思わねえからよ。それによ、続いて起きた堀川町も、倹《つま》しい生活《たつき》で、野暮に暮らしている奴ときた……。そんな男を斬ったところで、大《てえ》した銭にもならねえというのによ。一人残らず、懐のものを盗《ぬす》まれていた……」

「つまり、犯人は手当たり次第……。すると、金が目当てではないとも考えられるな」

「そうだよ、親分！　戸田さまが言われるように、金が目当てじゃないんだよ。だって、そうじゃないかえ？　それほど腕の立つ男なら、金を持っていそうな男だけを狙《ねら》うか、いっその腐《くさ》れ、大店《おおだな》にでも押し込めばいいんだ！」

お葉が物騒なことを口にする。

友七は、おいおい、と言いながらも首を捻《ひね》った。

「金目当てと見せかけるために、敢えて、懐を漁《あさ》った……。犯人の真《しん》の狙いは、ただ、人を斬ることってか？　おっ、それじゃ、試《ため》し斬りだとでも！」

友七が素っ頓狂《とんきよう》な声を上げる。

「それとも、鬱屈《うつくつ》した想いを、人を斬ることで晴らしているのか……」

「では、戸田さまは乱心《らんしん》だとでも言うのかえ？」

「いや、それは判《わか》らない。いずれにしても、その男を見た者がいないというのだからな」

「いや、それが、一人だけ見た者がいてよ。一等最初の提灯屋の番頭なのだが、こいつは小僧を連れていてよ。小僧は目の前で番頭がバッサリと斬られたもんで、泡を食って逃げ出し、難を逃れたんだけどよ。その小僧が言うには、気儘頭巾《きままずきん》を被っていたので顔は判らないが、上背《うわぜい》のある、ほっそりとした体軀《たいく》をしていて、年格好《としかっこう》は二十代後半というのよ」

「気儘頭巾で顔を隠していたのでは、体格は判っても、年格好までは判らないであろうに……」

「ところが、その男、小僧が逃げ出したら、待て！　と叫んだというのよ。その声が、二十代後半のものではなかろうかと、小僧がそう言っててよ。まっ、たった一声で歳《とし》を判断しろというのも無茶な話なんだが、提灯屋の小僧は商売上さまざまな声を耳にしているからよ。案外《あんげえ》、的《まと》を射てるかもしれねえと思ってよ」

友七が鹿爪顔《しかつめがお》をする。

「あい、解った。では、五ツ半、御船橋で親分と落ち合うことにしよう」

龍之介がそう言うと、厨側《くりやがわ》の障子が開いて、ぬっと、おはまが顔を突き出した。

「ああ、やっぱ、戸田さまの声だった！　良かった。今日はここで中食をお摂《と》りになりますよね？　昨日は、白魚《しらうお》の天麩羅《てんぷら》に卵とじと、白魚づくしだったのに、無駄にしちまいましたよ」

おはまが態とらしく憎体《にくてい》に言う。

「おう、そいつは悪かったな。もう、白魚か……。春だのっ！　なんでェ、無駄にしたと聞くと、一層、未練が湧《わ》いてくるじゃねえか！」

龍之介が如何にも無念といった表情をする。

お葉がくくっと肩を揺すった。

「戸田さまったら、おはまのてんごうを真《ま》に受けて！　この女《ひと》が食べ物を無駄にするわけがないじゃありませんか。ちゃっかり、おはまの腹に二人前入ったのだから、寧ろ、感謝されたっていいんですよ！」

おはまもアッハッハ！　と声を上げて笑う。

「じゃ、早速、昼餉の仕度をしましょうかね。今日は、初物《はつもの》の筍《たけのこ》と蕗の煮浸《にびた》し、魚は鰆《さわら》ですからね。大いにお腹を空《す》かせていて下さいな！」

そう言うと、再び厨に戻って行った。

龍之介はほっと安堵《あんど》の息を吐く。

このほのぼのとした、温かい雰囲気……。

千駄木では決して味わえなかった、人の温《ぬく》もりである。

日々堂の一員でもない自分が、当然のような顔をして、その温もりの中に身を浸している……。

有難いことよ……。

龍之介は胸の内で手を合わせた。

その夜、龍之介は御船橋で友七親分と落ち合い、松永橋《まつながばし》へと向かった。

北側に仙台堀が東西へと流れ、南が大島川といった場所である。

「やはり、相生橋《あいおいばし》を張ったほうがよかったかも知れないな」

四ツを四半刻（三十分）ほど廻った頃、龍之介が痺《しび》れを切らしたように呟くと、友七がはンと鼻で嗤った。

「おめえさん、存外に堪《こら》え性がねえんだな。そんなんじゃ、岡っ引きにゃなれねえぜ。安心しな、相生橋も誰かが張ってるからよ」

「海辺橋ということも考えられるし、亀久橋もあり得るしよ」

「だからよォ、何遍言ったら解るんでェ！　仙台堀に架《か》かる橋には、残らず、見張りをつけてると言ったばかりじゃねえか」

「では、油堀《あぶらぼり》はどうだ？　大横川は？」

「まったく！」

「…………」

友七が呆《あき》れ返ってものもいえないという顔をしたので、それで、龍之介は諦《あきら》めて、口を閉じた。

朧夜《おぼろよ》である。

が、闇に目が慣《な》れてしまうと、提灯を持たずとも、存外に、ものの動く気配を摑むことが出来た。

龍之介は目や耳を研《と》ぎ澄ませ、四囲《しい》に鋭い気を放ちながら、じっと堪《た》えた。

だが、四ツ半を過ぎても、動きはなかった。

どうやら、海辺橋や亀久橋でも動きはないようである。

それで、やれ、と友七と目を見合わせ、引き返そうとしたときである。

材木町のほうから人が駆けて来る気配がして、二人はぎょっと闇に目を据えた。

黒い影が息を弾《はず》ませながら、近づいて来る。

「親分、大変《てえへん》だ……」

その声は、どうやら、友七の下っ引き参次《さんじ》のようである。

「参次、どうしてェ！」

参次は友七の傍《そば》まで駆け寄ると、腰を折り、はァはァと肩息《かたいき》を吐いた。

「出やした……、上ノ橋に……」

「なに、上ノ橋に？　上ノ橋には一体誰がついていた」

参次は顔を上げると、情けなさそうに首を振った。

「それが、誰も……。いえね、あっしは斉藤《さいとう》さまというご浪人と丸谷橋《まるやばし》を張ってたんですよ。そしたら、佐賀町のほうから人が駆けて来て、上ノ橋の袂に男が倒れてるというもんでよ。それで、慌てて上ノ橋に駆けつけてみると、職人らしき男が肩口を斬られていて……。慌てて息を確かめてみやしたが、既に事切れてやした。間違《まちげ》ェありやせん。あれは、同じ辻斬りの仕業《しわざ》でやす！」

「てめえ、このォ！　なにが、同じ辻斬りの仕業だよ。何故、上ノ橋に誰もいなかった！」

友七が血相を変えて鳴り立てると、参次があれっと胡乱《うろん》な顔をする。

「けんど、大川端はもういい、犯人は東に移動しているはずだから、今宵は仙台堀、油堀、大島川と、掘割に架かる橋を見張るようにと言いなすったのは、親分じゃありやせんか！　だから、正木さまも海辺大工町《だいくちよう》の親分も、その言葉に従い、東へと移動したんだ……」

参次が不服そうに、唇を尖《とが》らせる。

「糞《くそ》！　裏をかかれたのかよ……」

「親分、四の五の言っても始まらない。とにかく、上ノ橋に行ってみようぜ。おっ、参次、済まねえが、その脚で、相生橋や海辺橋の連中に事の次第を知らせてくれ！」

そう言うと、龍之介は友七を促し、上ノ橋へと向かった。

上ノ橋で斬られていた男は、居職《いじよく》の職人のようだった。

周囲《まわり》に酒の臭いが充満しているところを見ると、男はかなり棒鱈《ぼうだら》（酩酊）となっていたようである。

見事に、右肩から脇腹にかけて斬られており、斬り口は骨にまで達していた。

やはり、相当な遣い手のようである。

が、龍之介はおやっと男の手に目を留《と》めた。

何か握り締めている。

「親分、これは……」

「おっ、こりゃ、根付《ねつけ》じゃねえか。ほう、随分とまた手の込んだ……」

友七が男の指から根付を外し、常夜灯《じようやとう》の傍まで寄って行く。

銀製の、髑髏《されこうべ》を象《かたど》った根付である。

はて……。

龍之介は首を傾げた。

どこかで見たような、そんな気がするのである。

が、思い出せない。

「こいつはどう見ても、この男のものじゃねえな。となると、犯人のもの……。倒れ際《ぎわ》、思わず、この男が犯人の根付を摑んだか、倒れた後、犯人が懐を探っている最《さ》中《なか》、虫の息で掠め取ったか……。まっ、どっちにしたって、こいつは手掛かりになるぜ。おっ、戸田さま、どうしやした？　なんて、妙ちくりんな顔をしてるんだよ！」

友七が訝しそうな顔をする。

「いや、この根付、どこかで見たような気がするのだが、それがどこだったのか、どうしても思い出せなくてよ」

「おいおい、大丈夫《でえじょうぶ》かよ。銀製の髑髏なんて気色悪い根付を持ってる者が、そうそういるわけはねえんだ……。それなのに、思い出せねえなんて、焼廻《やきまわ》っちまったんじやねえのか？」

「…………」

「こりゃ、相当、重症のようだぜ。おてちんでェ！　まっ、何か思い出したら、教えてくんな」

そうして、ひとまず、その夜は引き上げることとなった。

奥川町の裏店に帰ってからも、龍之介はなかなか寝つけず、蒲団に横たわったまま、闇の中に目を這わせた。

一体、どこで、あの根付を見たのだろうか……。

手の込んだ作りといい、銀の重さといい、かなり値の張るものである。

が、何より、根付に髑髏を選ぶという、趣味の悪さ……。

確か、あれを目にしたときも、あまりにも根付が持ち主にそぐわないので、首を傾げたように思う。

そう思った刹那《せつな》、龍之介の脳裡《のうり》に藤枝重吾《ふじえだじゆうご》の顔がゆるりと過《よ》ぎっていった。

藤枝……。

だが、まさか、あの男が辻斬りなど……。

龍之介の背をじわじわと蛞蝓《なめくじ》のようなものが這い下りていく。

藤枝重吾は、嘗て、川添道場の高弟《こうてい》だった男である。

藤枝は師範代の高瀬耕作《たかせこうさく》に次ぐ腕の持ち主とも、互角とも評されたが、師匠の川添観斎が病に倒れ、道場の跡目《あとめ》をかけた試合で高瀬に敗れて以来、ふっつりと姿を見せなくなっていた。

無論、剣士として、高瀬に敗れたことは屈辱的であっただろう。

が、藤枝には、どうしても勝たなくてはならない別の理由があった。

川添観斎の一人娘、香穂《かほ》の存在である。

藤枝が香穂に懸想《けそう》していることは誰の目にも明らかで、香穂もまた、藤枝に好意を寄せていたようで、龍之介も二人が仲睦《なかむつ》まじく語り合っている姿を屡々《しばしば》目にしていた。

だから、観斎が病の床に就くまでは、いずれ藤枝が香穂と祝言を挙げ、川添道場の跡目を継ぐものと、誰もが思っていたのである。

ところが、何があったのか、観斎が倒れた頃より、二人の中に剣呑《けんのん》な空気が漂うようになり、ある日突然、跡目相続をかけ、三本勝負にて決着を、と観斎から高瀬と藤枝に命が下されたのである。

明らかに、藤枝には不利な状況であった。

というのも、藤枝は二、三日ほど前から風邪を引いており、その日も決して万全な体調とはいえなかった。

何ゆえ、そのような日に試合を……。

誰もがそう思ったが、何より驚いたのは、香穂が観斎に異を唱えなかったことである。

結果は、三本のうち二本が高瀬の勝ち……。

殊に、三本目は悲惨《ひさん》だった。

構えた途端に、藤枝が激しく咳き込み、その瞬間を高瀬が一撃……。

「あれじゃや、藤枝が可哀相《かわいそう》……」

「何ゆえ、師匠は藤枝の体調が戻るまで、お待ちにならなかったのだろう」

「師匠も師匠なら、高瀬も高瀬だ。手負《てお》いの者を倒したところで、真の勝利とはいえないではないか！　何故、高瀬は藤枝の体調が戻るまで、試合を延期するようにと申し出なかったのであろうか」

「いや、高瀬は師匠に延期するようにと提言したそうだ。だが、師匠がお聞き入れにならなかった。体調の管理も、剣士たる心得の一つ。どんな状況であれ、必ずや、勝利への道がある……。そうおっしゃったそうだ」

門弟たちは口々にそう囁《ささや》いた。

龍之介もどこかしら割り切れない想いだった。

あれから、ほぼ一年……。

以来、ふっつりと道場に姿を見せなくなった藤枝だが、風の便りに、百二十石の御《お》小普請組《こぶしんぐみ》の家に婿養子に入ったと聞き、龍之介もやれと安堵していたのである。

その藤枝が、銀製の髑髏を象った根付を自慢げに見せたことがある……。

藤枝は色白で、なかなかの雛男《ひなおとこ》である。

上背のある細身の体軀は、竹刀など振り回さなければ、歌舞伎《かぶき》役者を連想させ、それだけに、確か、あのときも外見の柔《やわ》な感じに根付がそぐわないように思った。

そのことを、龍之介は思い出したのである。

闇に目を据え、龍之介はもう一度、まさか……、と否定する。

だが、人の心ほど計り知れないものはない。

藤枝に相惚《あいぼ》れしていると思っていた香穂が、何故、掌《てのひら》を返したようにつれない態度を取ったのか、何ゆえ、観斎が横紙を破り、不利な状況の下《もと》、藤枝に高瀬との試合を強《し》いたのか……。

そうして、もう一つ。

何ゆえ、悪趣味とも思える髑髏の根付を、藤枝はこれ見よがしに身に着けていたのであろうか。

解らないことだらけである。

龍之介は太息を吐くと、独りごちた。

だが、髑髏の根付は確かに特殊であるというものの、だからといって、この世に一つしかないとはいえないしよ……。

そう思うと、ほんの少し気が楽になり、いつしか、深い眠りに誘い込まれていた。

「一体、辻斬りはどうしちまったんだろうね。あれから五日になるというのに、鳴りを潜めたままでさァ」

昼餉の後、焙《ほう》じ茶を淹《い》れながら、お葉がぽつりと呟く。

「そりゃよ、あの晩、根付を落っことしちまっただろ？　それで、足がついたと思い、怖《お》じ気づいたのよ」

友七がシィシィと楊枝《ようじ》で歯を穿《ほじく》りながら言う。

「へっ、いけねえや。歳を食うと、歯に物が挟まっちまってよ。馳走《ごち》になったうえに、繰言《くりごと》まで言わなきゃならねえんだもんな。済まねえな。此の中、この俺までが中食の相伴《しょうばん》に与《あずか》っちまってよ。けどよ、打ち合わせかたがた戸田さまに逢おうと思えば、ここに来るよりねえもんだからよ」

友七が気を兼ねたように、お葉をちらと窺う。

「いいってことよ！　うちは一つや二つ口が増えたところで構わないんだよ。流行風《はやりか》邪《ぜ》のときのことを思えば、お茶の子さいいってもんだ！　それより、辻斬りのことだけどさ。根付を落っことしたことくらいで怖じ気づくようなら、端《はな》から、あんなことをしなければいいじゃないか。それがどう考えても、あたしにゃ、腑《ふ》に落ちなくてさ……」

お葉が、ねえ、と龍之介を見る。

龍之介も相槌《あいづち》を打つ。

「俺もそのことを考えていたんだが、その男、存外に気が小さいのではないだろうか……。手向《たむ》かうことの出来ない弱者を相手に辻斬りなど、常識では考えられないことだからよ。その男の心はかなり鬱屈していて、弱者を斬ることで、憂《う》さを晴らしているとしか思えない……。まっ、病といってもよいだろう。だからこそ、根付を落としたことで、ますます臆病《おくびょう》になってしまったのではないかな」

龍之介の胸が重苦しいもので包まれていく。

此の中、調べて来た藤枝重吾のことが、つと頭を擡《もた》げたのである。

高瀬の話によると、藤枝は八十石の御徒組《おかちぐみ》の次男坊だという。

御徒組の次男坊といえば、他家に養子に入るか、高禄《こうろく》の幕臣の武家奉公人となる以外に、武士として身を立てることは出来ない。

が、正確に言えば、武家奉公人は形《なり》こそ伴侍《ともざむらい》の姿をしているが武士とはいえないので、藤枝には、他家に養子に入るより他に道がなかったのである。

その点では、龍之介とて同様である。

だが、龍之介の場合は、そもそも武家であることに執着《しゅうちゃく》を持たなかった。

だが、藤枝は違った。

なんとか武士で身を立てるべく、剣術の腕を磨き、寸毫《すんごう》の機宜《きぎ》も見逃さないように努めたのである。

そこまでは、決して、藤枝を責めることは出来ない。

が、龍之介を最《もっと》も驚愕《きょうがく》させたのは、藤枝が神明夢想流川添道場に束脩を入れるまでに、一刀流《いっとう》、直心影流《じきしんかげ》などを転々としてきたことを知ったことであろうか……。

藤枝は江戸の道場を虱潰《しらみつぶ》しに調べ上げ、近い将来、跡目を引き継ぐ婿養子を必要とした道場、つまり、川添道場に白羽《しらは》の矢を立てたのである。

容姿に自信のある藤枝は、そこで研鑽《けんさん》を積めば、一人娘の香穂を落とすことなどわけのないことと思ったのであろう。

その実、藤枝は師範代の高瀬と互角と称賛《しょうさん》されるまでに腕を上げ、香穂の心をも摑んだ。

ところが、馬脚《ばきゃく》を露《あらわ》したとでもいおうか、その頃より、藤枝に驕慢《きょうまん》な面が顕《あらわ》れるようになり、観斎が病に臥《ふ》してからというもの、ますます、その傾向が強くなってきたのである。

観斎にも、それが解った。

だからこそ、藤枝が万全な状態でないと知り、敢《あ》えて、高瀬との試合を強行して、香穂から遠ざけようとしたのである。

そのことを知った龍之介は、何故か、藤枝が哀れでならなかった。

そこまで藤枝を追い込んだのは、御徒組の次男坊に生まれたことへの、焦り以外の何ものでもないからである。

その想いは、龍之介にも痛いほどによく解った。

だが、龍之介は鷹匠支配千石の座が欲しかったわけではない。

琴乃に惚れきっていたから添いたいと思っただけで、どう足掻いても叶わぬことと身を退いてからは、武家であることに執着すら持たなかった。

それが、龍之介と藤枝の違いであろうか……。

ところが、藤枝は香穂の前から姿を消した後も、尚且つ、武家にしがみつき、養子先を求めて奔走《ほんそう》したという。

が、悉《ことごと》く、話は流れた。

風の便りに、藤枝が御小普請組百二十石の家に婿養子に入ったという話は、単なる噂にすぎなかったのである。

高瀬の話では、藤枝は現在《いま》も小名木川沿いにある御徒組組屋敷で、冷飯食《ひやめしぐ》いの身に甘んじているという。

「現在《いま》、奴が何をしているかだって？　さあ、知らぬのっ……。別に、道場を破門になったわけではないのだから、顔を見せればよいものを……」

高瀬はそう言い、他の流派に鞍替《くらが》えしたとも聞いていないしよ、と付け加えた。

終《つい》しか、高瀬には、藤枝に辻斬りの嫌疑《けんぎ》がかけられているとは告げられなかった。

龍之介はそれでもまだ、心の片隅で、藤枝を信じたいと思っていたのである。

藤枝と対峙《たいじ》したときの、あの目、あの気迫《きはく》……。

そこには、微塵《みじん》も、不純なものはなかった。

剣士たるもの、どういう理由であれ、無謀《むぼう》に人を殺傷《さっしょう》してはならない。

言葉には出さずとも、それが刀を握る者の、暗黙《あんもく》の了解だったのである。

とはいえ、藤枝の焦燥《しょうそう》や偏狭的《へんきょうてき》な面を知れば知るほど、疑惑が深まるばかりである。

それに、極《きわ》めつけともいえる、あの根付……。

「ところでよ……」

友七が改まったように龍之介を見た。

はっと我に返り、龍之介が顔を上げる。

「髑髏の根付なんだがよ。あれを見て、おめえさん、どこかで見たような気がすると言ってたよな？　それで、思い出したのかよ」

「えっ、ああ、根付ですね。それが……」

龍之介は空惚《そらとぼ》けた。

この期《ご》に及んでも、まだ、辻斬りと藤枝を結びつけたくなかった。

「なんだって！　まだ思い出せねえのかよ。おいおい……。てたァ、記憶違ェか、夢でも見てたのかもしれねえってことかァ？」

友七が開いた口が塞《ふさ》がらないといった顔をする。

お葉がくすりと嗤った。

「親分、戸田さまを責めるのはお止しなさいよ。親分だって、昨日聞いたことも忘れてるじゃないか！」

「おっ、俺が何を忘れた？　いいから、言ってみな！」

「親分ちの隣の空家、まだ借手がついていないか大家に確かめてくれと頼んだと思うがね！　ええっ、憶《おぼ》えていないのかえ？」

「…………」

友七が目を点にする。

「ほら、やっぱり！」

「いけねえや、ころりと忘れてた……。済まねえ、今日こそ、ちゃんと訊いとくからよ。けど、借手が決まってねえとしてもだぜ、一体《いってえ》、そいつをどうするつもりだよ」

「いえね、先《せん》から考えていたんだけど、この前の流行風邪のとき、つくづくと感じてね。戸田さまをいつまでも奥川町の裏店に住まわせてちゃいけないって……。それに、おてるも良作もあの裏店にはもういないんだ。親分の隣の仕舞《しも》た屋なら、戸田さまに恰好だと思ってさ」

お葉がそう言うと、龍之介が慌てた。

「女将、滅相もない！　俺はあの裏店で充分だ。第一、仕舞た屋だなんて、俺にそんな店賃《たなちん》が払えるわけがない」

「誰が戸田さまに店賃を払えと言いました？　日々堂が借りるのですもの、勿論、うちが払いますよ」

「それは駄目だ。日々堂の使用人でもないのに、そんなことをしてもらう謂《いわ》れがない」

「確かに、戸田さまは使用人ではありませんよ。けれども、代書をやってもらっているし、清太郎に剣術の稽古をつけて下さっているではありませんか。だから、堅苦しく考えなくていいんですよ。それに、戸田さまだけがあの仕舞た屋を使うわけじゃありませんからね。二階を使ってもらうんですよ。現在《いま》ではうちも人が増え、見世の二階は鮨詰《すしづ》め状態だからね。友造、佐之助といった年長組を蛤町の仕舞た屋の一階に移し、戸田さまを二階に……。ねっ、良い考えだと思わないかい？」

お葉が友七に相槌を求める。

「成程、そいつァいいや！　じゃ、早速、大家に掛け合ってみることにするか。店賃をうんと安くしろと睨《にら》みを利《き》かしておくから、安心しな！」

友七がにっと相好《そうごう》を崩す。

が、龍之介は藤枝のことが胸に支《つか》えたようで、心ここにあらず……。

心許ない笑みを返すのが、筒一杯《つついっぱい》であった。

その夜も張り込みは続いた。

この五日、辻斬りが姿を現わさないといっても、決して、油断は出来ない。

一旦、人を斬る妄執《もうしゆう》に駆られてしまうと、なかなか、そこから脱することは厄介《やっかい》である。

てしまう。

手慰《てなぐさ》みや阿片《あへん》に塡《はま》るのと一緒で、悪いことと知りながらも、ついつい、手を出し
こうなれば、とにかく、捕まえるまで根比《こんくら》べだ……。

その日、龍之介は友七親分と海辺橋付近を張り、四ツ半を過ぎても犯人が現われないのを見定めて、正覚寺《しょうかくじ》、増林寺《ぞうりんじ》と寺社の建ち並ぶ道を油堀へと歩いて行った。

と、富岡橋《とみおかばし》の袂に、男が佇《たたず》んでいるのが目に留まった。

男は身体から息苦しいまでの鬼気《きき》を放っていた。

そこに、黒江町のほうから、ちらちらと提灯の灯が手前に迫ってくる。

男の手が腰の刀に触れた。

違いない、あの男だ……。

龍之介は脱兎《だっと》のごとく駆け出した。

男がはっと振り返る。

龍之介は駆けながら、刀の鯉口《こいぐち》を切った。

男もさっと居合の構えを見せたが、次の瞬間、驚いたように後退《あとじさ》りした。

藤枝……。

気儘頭巾を被っているが、二重瞼《ふたえまぶた》の切れ長な目は、やはり、藤枝重吾のものであ

った。
「おぬし、何ゆえ……。俺は許さぬ！　許さぬからな！」
龍之介は間合《まあい》に踏み込み、同時に、神速《しんそく》の技を放った。
藤枝が飛び下がりながら、それをハッシと刀で受け止める。
が、どうしたことか、前へと出て来ない。
龍之介は間髪《かんはつ》を容《い》れず、二の太刀《たち》を胴へと放った。
再び、藤枝がそれを受け止める。
鍔《つば》迫《ぜ》り合いが続いた。
が、あろうことか、その最中、藤枝がにっと不気味な嗤いを見せたのである。
「斬れよ、戸田。俺はおぬしに斬られるのであれば、それで本望《ほんもう》だ……」
藤枝が小声で囁く。
えっ……、と思ったが、ここで気を弛《ゆる》めたが最後……。
が、そう思った矢先、藤枝がつっと力を抜き、背後へと飛び下がった。
再び体勢を立て直し、龍之介が前へと出ようとする。
ところが、その刹那、藤枝が刀を自《みずか》らの首に当て、一気に後ろへと引いたのである。

血飛沫《ちしぶき》が飛び散った。

龍之介は一瞬何が起きたのか解らず、茫然自失《ぼうぜんじしつ》となっていた。

「おい、こりゃ、一体《いってえ》……」

友七が怖《お》ず怖ずと近づいて来る。

何事かと遠目に様子を窺っていた提灯を持つ男までが寄って来て、倒れた藤枝を提灯の灯に翳《かざ》す。

「藤枝重吾だ」

龍之介がそう言うと、友七がえっと驚いたように振り返った。

「じゃ、戸田さまは辻斬りがこの男と知っていなさったと……」

「ああ、疑ってはいた。だが、信じたくなくてよ」

「するてェと、この男は戸田さまに暴露《ばれ》ちまったと知り、それで観念《かんねん》したってことか？　俺ャ、やっとうのことなんてよく解らねえが、傍《はた》で見ていると、なんだか、この男、おめえさんに斬られたがっているようにしか見えなかったが……」

「…………」

そうなのだ、と龍之介も思った。

藤枝は自分に斬られたかったというより、死にたがっていたのだ。

どこに向けてよいのか解らない絶望に悶々《もんもん》として、ささくれ、荒《すさ》んでいく精神……。

次第に、人を殺傷することに安らぎを覚えるようになり、そういう自分に、また絶望する。

その繰り返しの中で、藤枝は己の身の処し方に窮《きゅう》したのであろう。

だからといって、自裁《じさい》する勇気もなし……。

結句、背中を押してくれる者が必要だったのである。

それが、この俺だったというわけか……。

龍之介は胸の内で呟いた。

遣《や》り切れなさに押し潰され、叫び出したい気分であった、

「けど、流石《さすが》は戸田さまだ。刀を上段からこう振り下ろしたときにゃ、俺ャ、感動で胸が顫えるようだったぜ！」

友七の空世辞《からせじ》までが鬱陶《うっとう》しく思えた。

「じゃ、後の始末は頼んだぜ」

龍之介はそう言うと、くるりと背を返した。

「あい、承知！　仏の始末は町方の役目だ。おう、奉行所には、おめえさんの手柄だ

と報告しておくからよ！」

友七が胴間声《どうまごえ》を張り上げる。

「どこが手柄だよ！　藤枝は自裁。自裁したんだよ！」

吐き出すようにそう言うと、龍之介は黙々と富岡橋を渡った。

虚《むな》しいと、涙も出ない。

川風が頬を嬲《なぶ》るように叩いてくる。

大声を上げて叫べたら、どんなにかいいだろう……。

が、龍之介は唇を真一文字《まいちもんじ》に結び、黙々と河岸道《かしみち》を歩いて行った。


「ねえ、いい家だろう？　あそこなら、一階に六畳間が二つと、四畳半に厨。二階に六畳と三畳の部屋があるんだもんね。友七親分が隣にいてくれるだけで心強いし、何より、日々堂に近いのが、極上上吉《ごくじょうじょうきち》！」

お葉が掘割を渡りながら、燥《はしや》いだように言う。

「それに、親分の口利きで、店賃をうんと安くしてもらったからさ。明日にでも奥川町を引き払って、こっちに越して来たらいいよ。良作や権太を遣ってくれていいからさ」

「なに、引っ越しといったって、大して荷物があるわけじゃない。俺一人で大丈夫だ」

おや、そうかえ、とお葉が呟き、堀沿いの桜並木で脚を止める。

花時《はなどき》はとっくに過ぎ、葉桜《はざくら》となりかけているが、糠雨《ぬかあめ》の中、葉の緑に薄桃色の花が栄《は》え、哀しいまでに美しい。

「桜も終わっちまったね。とうとう、今年も忙しさにかまけて、花を愛《め》でる余裕《ゆとり》もなかった……。あら、嫌だ！　こうして、しみじみとしたように桜を眺《なが》めるのって、今年は今日が初めてのような気がするわ。葉桜になりかけて、初めて、桜に目がいくなんて、あたしって、なんて間抜けなんだろう！　おや、戸田さま、どうかなさいました？」

お葉が笑いかけた頰を慌てて戻し、怪訝《けげん》そうに龍之介を見る。

桜に儚《はかな》さを想ったとき、ふと、藤枝重吾のことが頭を過ぎったのである。

藤枝、莫迦《ばか》なことを……。

おぬしは武士である前に、人なのだ。

見ろや、この市井の人々を……。

皆、某《なにがし》かの不安や辛さを胸に抱えているが、満開の桜や風に舞う花吹雪《はなふぶき》には感嘆の声を上げ、目を細め、そして、葉桜となりかけても、まだ、その中に美しさを見出そうとする。

せめて、もっと早くにおぬしと心が分かち合えていたら、共に桜を愛で、生きることの意義を語り合えたものを……。

そう思ったとき、弾けたように、龍之介の目から涙が零《こぼ》れ落ちた。

「済まない……」

龍之介が涙を払うようにして、天を仰《あお》ぐ。

「お泣き……。花の雨だもの、涙は付きものだ……」

お葉の言葉が、また、新たな涙を誘った。

龍之介は葉桜に目を戻すと、はらはらと涙を零し続けた。

# 泣きぼくろ

お文《ぶん》は黒紗綾《くろさや》の羽織に鏝《こて》を当てながら、おやっと手を止めた。肩で風を切るようにして、店先を過《よ》ぎる友七の姿を、目の端《はし》に捉《とら》えたように思ったのである。

やれ、あの人があんなふうに肩を怒らせ足早に歩くときには、ろくなことがない……。

お文は口の中で、鶴亀《つるかめ》鶴亀、と独《ひと》りごちた。

案の定、その刹那《せつな》、腰高障子《こしだかしょうじ》が軋《きし》みながら開く。

続いて、土間に甲張《かんば》った足音が響き、入り側の鴨居《かもい》にぶら下げた古着が、一斉に、わさわさと躍った。

「この糞《くそ》オ！　全《まった》く、忌々《いまいま》しいったらありゃしねえ！」

友七が身体《からだ》に纏《まと》わりついた蜘蛛《くも》の巣を払うようにして、古着の垂《た》れ幕から頭を現わす。

「お文、この野郎、何遍言ったら解《わか》るんでェ！　ここにこんなものをぶら下げられたんじゃ、邪魔臭《じゃまくさ》くて敵《かな》わねえ！」

友七は業が煮えたように毒づくと、長火鉢の傍《そば》にどかりと胡座《あぐら》をかいた。

「おや、言っておくれだよ。こんなものとはなんだい！　うちは古手屋《ふるてや》だ。古着がぶら下がっているのは、当たり前じゃないか」

流石《さすが》は、友七親分の女房、負けてはいない。

お文は人の善《よ》さそうな丸顔をぷっと膨《ふく》らませ、態《わざ》と怒った顔をしてみせた。

「それにさ、おまえさんが蛤町の親分だなんて大きな顔をしていられるのも、この古着のお陰じゃないか。あたしが古手屋をして立行《たちいき》の足しにしなかったら、おまえさん、参次たちに小遣《こづか》い銭も持たせてやれないんだよ。それを思ったら、古着に感謝こそすれ、邪魔臭いなんて言うもんじゃないよ」

お文が悪餓鬼《わるがき》を諭《さと》すように言い含め、徐《おもむろ》に、茶の仕度を始める。

友七は蕗味噌《ふきみそ》を嘗《な》めたような顔をして、湯呑《ゆのみ》をぐびりと呷《あお》り、熱《あち》ィ！　と慌てて猫板《ねこいた》に戻した。

お文にあたしが古手屋をして立行の足しにしなかったらと言われたのでは、友七としては、立つ瀬がない。

事実、岡っ引きだなんて偉そうな顔をしていても、お上《かみ》から手当らしきものを何一つ受け取っていないのである。

岡っ引きは飽《あ》くまでも同心《どうしん》の私的使用人であり、では同心から手当が貰えるかといえば、そうでもない。

たまに思い出したように、小遣いとして、子供騙《だま》しのような細金《こまがね》が下されるだけで、これではどんなに逆立ちしたところで、手下《てか》である下っ引きを養《やしな》うことは出来なかった。

それで、大概の岡っ引きが女房に八文屋《はちもんや》や四文屋《しもんや》、駄菓子屋《だがしや》などをやらせ、それでなんとか遣《や》り繰《く》りしているのであるが、友七とて同様である。

だが、友七は考えた。

八文屋や四文屋といった食べ物商売は、年中三界《ねんじゅうさんがい》あくせくするばかりで、その割りには、実入《みい》りが少ない。

それに比べると、古手屋という商《あきな》いは、仕入れさえ甘《うま》く運べば、労力の割に儲《もう》けが大きい。

とにかく、古着の需要《じゆよう》はいくらでもあるのである。

というのも、当節《とうせつ》、裁《た》ち下ろしの着物が身に着けられるのは、余程の富家《ふうか》か、花柳界《かりゆうかい》でも一流どころ……。

大概の庶民は古手屋の吊《つる》しで用を足し、それも季節の変わり目ごとに、単衣《ひとえ》を売って袷《あわせ》小袖《こそで》を、袷小袖を売って再び単衣にといったように、見事なまでに機能的な生活《たつき》を送っていた。

従って、着物を収納する箪笥《たんす》や長持《ながもち》も要《い》らなければ、洗い張りをする必要もない。これは、倹《つま》しい今日暮《こんちぐらし》の中から生まれた知恵ともいえるが、そのため、古手屋商売は大繁盛《だいはんじょう》なのである。

といっても、誰もが古手屋をやれるわけではなかった。古手屋株を収得するのが、些《いささ》か、厄介《やっかい》なのである。

そもそも、江戸における古手屋の始祖《しそ》は、盗賊鳶沢甚内《とうぞくとびさわじんない》といわれている。

徳川開府の頃、当時大盗賊だった甚内が、毒を以《もっ》て毒を制すがのごとく、幕府より盗賊吟味役《ぎんみやく》に仰《おお》せつけられ、元吉原《もとよしわら》の鳶沢町（現富沢町《とみざわちょう》）に古手屋を開いたのである。

甚内は幕府から古着の一手売買《いってばいばい》を許されると、各地に手下を遣《つか》わせて古着を買い集め、と同時に、盗賊を改めることに努《つと》めたという。

以来、古着売買は甚内の支配下となり、見世《みせ》も柳原土手《やなぎわらどて》、元浜町《もとはまちょう》、浅草田原町《あさくさたわらまち》などに広がっていったが、床店《とこみせ》は無論のこと、担《にな》い売りの竹馬《たけうま》きれ売りに至るまで、富沢町の目をかいくぐることは出来なかった。

友七はここに目をつけたのである。

牛は牛連れ……。

「元を糺《ただ》せば、十手持《じつて》ちも無宿人《むしゆくにん》みてェなもの……。同じ穴の狢《むじな》と思って、ひとつ、嚊《かかあ》に古着を扱わせてやってくれねえか」

そう頭を下げたのが、お文と所帯を持ったばかりの頃だった。

以来、二十五年、蛤町に小体《こてい》な見世を構え、お陰で今日まで、格別金に不自由することもなく、岡っ引きを務めてこられたのである。

「おや、どうしたえ? やけに殊勝《しゆしよう》な顔をしちゃってさ……。ああ、そうか、おまえさん、お腹が空《す》いてるんじゃないのかえ?」

お文が顔を覗《のぞ》き込む。

途端に、友七の腹がグウと鳴った。

「おう、中食《ちゆうじき》がまだなんだ。なんか食わせろ」

えっと、お文が目を瞬《しばた》く。

「嫌だ……。お愛想《あいそ》のつもりで訊《き》いただけなのに、おまえさん、まだ中食を食べていなかったのかえ? だって、もう八ツ(午後二時)を廻っちまっただろ? てっきり、今日も、日々堂でお相伴《しようばん》に与《あずか》っているんだろうと思ってさ、なんにも用意していないんだよ」

「てんごう言ってんじゃねえや! 毎度、俺が日々堂で相伴に与ってると思ったら、大間違《おおまちげ》ェでェ！　第一《でえいち》、そう毎日毎日、他人様《ひとさま》の家で飯が食えるわけがねえ。俺《おり》ャ、戸田さまと違って、これでも、一家の主人《あるじ》、女房持ちだからよ」

「そりゃそうだけど、辻斬《つじぎ》り騒ぎのときは、毎日のように、日々堂で馳走《ごち》になってたからさ……」

「このうんつくが！　あのときは、戸田さまと打ち合わせがあったからじゃねえか」

「おや、そうですか」

「おや、そうですかとは、なんでェ！　湯漬《ゆづ》けでいいんだ、湯漬けでよ」

お文が気を兼ねたように、肩を竦《すく》める。

「それがさ、おまえさんが帰らないものだから、あたし一人の中食を作るのも面倒で、お櫃《ひつ》に残っていた冷飯《ひやめし》を湯漬けにして、全部、食っちまったんだよ」

「全部、食っちまっただと！　なんて女《あま》なんでェ……」

友七が啞然《あぜん》としたように、目を点にする。

「じゃ、ひとっ走りして、稲荷寿司《いなりずし》でも買って来ようか？　それとも、蕎麦《そば》がいいかい？　担《かつぎ》に持って来させればいいからさ」

お文が長火鉢の小引き出しから早道《はやみち》（小銭入れ）を取り出し、立ち上がる。

「蕎麦にしてくれ。盛りと掛け、それぞれ一枚《いちめえ》ずつだ」

友七が木で鼻を括《くく》ったように言うと、お文が、あいよ、と愛想のよい声を残して、吊した古着の垂れ幕をひらりと潜《くぐ》る。

全く、もう！　びらびらしくさって！

友七は恨《うら》めしげに古着を睨《ね》めつけ、ヘンと鼻先で嗤《わら》った。

お文の御託《ごたく》は、至極《しごく》、ごもっとも……。

古着のお陰で身上《しんしょう》が立《つ》っていると、友七にも解っているのである。

だが、後から後へと衝き上げてくるこの暗澹《あんたん》たる想いを、俺《おり》ヤ、一体《いってえ》、どこに向けて吐き出せばいいんでェ……。

友七の眼窩《がんか》に、つい今し方、大番屋《おおばんや》送りにしてきたお美濃《みの》の、蠟《ろう》のように白い顔がつと浮き上がった。

「誰が後悔なんかするものか！　あいつはおっかさんとあたしを捨て、何喰わない顔をして、自分だけ河津屋《かわづや》の入り婿になった男だよ。おっかさんがどれだけ苦しんだか……。それでも、おっかさんは死ぬ間際まで恨《うら》み言のひとつも言わなかった。けど、腹の中では恨んでたんだよ。それが証拠に、おっかさん、大川に飛び込んで死んだじゃないか。だから、あたしはおっかさんの分まであの男を恨んでやる！　おっかさんの恨みとあたしの恨みで、恨んで、恨んで……。ああ、悔《くや》しい！　後悔なんてしないと言ったけど、あの男を殺しきれなかったことほど悔しいことはない！　ああ、いいさ、獄門《ごくもん》にでもなんでもしておくれ。そうしたら、今度こそ、怨霊《おんりょう》となって、あの男を苦しめてやるんだ！」

十文字縄《じゅうもんじなわ》をかけられたお美濃は、同心や岡っ引きの前で、猛《たけ》り狂ったように鳴り立てた。

ぎらぎらと怒りで脂《あぶら》ぎった目に、病的なまでに紅《あか》い唇……。

友七の背が一瞬凍《こお》りついた。

河津屋周三郎《しゅうざぶろう》はお美濃の父親《てておや》である。

だが、周三郎が母親と自分を捨てた男だといっても、ここまで実の父親を恨めるものだろうか……。

しかも、もっと解らないのは、お美濃が河津屋のお端下《はした》から周三郎の愛妾《めかけ》に直ったということである。

思うに、お美濃は母親の恨みを晴らさんがために、極力《きょくりょく》、周三郎の側近くに身を置きたいと思ったのであろうが、そこまでお美濃を突き動かした執念《しゅうねん》を想うと、全身が総毛《そうけ》立《だ》つ。

友七は冷《さ》めた茶を、一気に呷った。

そこに、お文が小唄を唄いながら戻って来る。

「盛りと掛けを頼んでおいたからね。ふふっ、ついでに、屋台の稲荷寿司も買って来ちゃった！　あたしもお相伴しようと思ってさ。おやっ、おまえさん、どうしちまった？　浮かない顔をしちゃってさ。さあ、お稲荷さんをお食べよ。何か腹に詰めると、憂《う》さなんてあっという間に吹っ飛んじまうからさ！」

お文が折《へ》ぎにくるんだ稲荷寿司をぬっと突き出す。

「今、熱いお茶を淹《い》れるからさ」

友七はいそいそと急須《きゅうす》に鉄瓶《てつびん》の湯を注《そそ》ぐお文を瞠《みつ》め、なんてお気楽な女《おな》ごなんでエ、と太息《ふといき》を吐《つ》いた。


友七は蕎麦を食い終えると、日々堂へと向かった。

やはり、河津屋の事件をお葉の耳に入れておいたほうがよいと考えたのである。

冬木町の乾物《かんぶつ》問屋河津屋は、日々堂の得意先の一つであり、主人の周三郎とは、お葉が芸者をしていた頃からの付き合いだというのであるから、伝え聞きというより、ここは自分の口からより正確なことを伝えるべきではなかろうか……。

そう思い、二日前、山本町の妾宅《しょうたく》で、河津屋周三郎が愛妾に腹を刺され、危《あや》うく一命を落とすところだったと、包み隠さず、お葉に話した。

お葉は神妙《しんみょう》な顔をして聞いていたが、お美濃が周三郎の実の娘と聞き、一瞬、えっと息を呑《の》んだ。

「だって、その娘はお端下から河津屋の愛妾に直ったんだろ？　何故にまた、河津屋は実の娘をお端下に……。ううん、そこまでは解るよ。旦那が河津屋の入り婿になる前に、別の女ごに産《う》ませた娘をお端下として引き取ったとしても、おかしくないからね。けど、その娘が旦那の愛妾になったって？　そんな莫迦《ばか》な……。二人が他人というのなら、話は解るよ。主人のお手つきになったお端下がそのまま愛妾になってことは、ままある話だからね。まあね、あたしもあの旦那のことはよく知っているけど、ちょいとした様子の良い男でさァ。あいつ、てめえが持てると知っているもんだから、女ごの気を引こうと、お座敷に上がった芸者衆の誰彼なしに、思わせぶりな態度をしちゃってさ……。ふン、芸者衆に顰蹙《ひんしゅく》を買っているのも知らないでさ！　まっ、言ってみれば、根っからの好き者なんだよ。けどさァ、如何《いか》に好き者といっても、血を分けた、てめえの娘に濡《ぬ》れかかるかい？　おお、気色《きしょく》悪い！　聞いただけで、虫《むし》酸《ず》が走るよ」

お葉は大仰《おおぎよう》に眉根《まゆね》を寄せた。

「女将《おかみ》よォ、話は最後まで聞け！　実はよ、河津屋の旦那はお美濃が実の娘と知らなかったのよ。お美濃が素性《すじよう》を隠して、河津屋のお端下に潜《もぐ》り込んだというからよ。正《まさ》な話、これまでは、毎度、河津屋の出替《でがわり》に係《かか》わってきた日々堂でさえ、お美濃のことは知らなかっただろう？　旦那の話じゃ、日本橋のなんとかという口入屋《くちいれや》の請状《うけじよう》を持って来たもんだから、さして不審《ふしん》に思わず雇ったというんだがよ。まっ、大方《おおかた》、お美濃がちょいとした小色《こいろ》な女ごだったもんで、一にも二にもなく雇ったんだろうて……。つまり、お美濃はそうやって素性を隠してまで、旦那の側近くに身を置き、恨みを晴らす絶好の機宜《きぎ》を狙《ねら》っていたのよ」

友七はふうと溜息《ためいき》を吐き、これが遣り切れねえ話なのよ、と続けた。

周三郎は河津屋に入り婿として入るまで、浅草猿若町《さるわかちよう》の市村座《いちむらざ》で番付売《ばんづけう》りをしていたという。

芝居の番付売りというのは、どういうわけか、鯔背《いなせ》な伊達男《だておとこ》が多い。

小粋《こいき》に着物を尻っ端折《ぱしよ》りして、紺股引《こんももひき》に雪駄履《せったば》き、頭に手拭《てぬぐい》を載《の》せ、朗々《ろうろう》とした声で、ええ〜〜、市村座新狂言《しんきようげん》番付〜〜、羽左衛門《うざえもん》新狂言〜〜、と小屋の前で売り声を上げるのであるから、役者顔負け……。

木戸銭《きどせん》が払えない場外の客にも、しっかりと贔屓筋《ひいきすじ》を摑《つか》まえていたのである。

従って、蕩《たら》し文や心付《こころづけ》を貰うのは日常茶飯事《にちじようさはんじ》で、お美濃の母親お佐津《さつ》も周三郎に血道《ちみち》を上げる一人だった。

当時、浅草聖天町《しようでんちよう》の水茶店で茶立女《ちやたておんな》をしていたお佐津が、周三郎と鰯《いわし》煮た鍋《なべ》（離れがたい関係）となったのは、周三郎二十五歳、お佐津二十二歳のときである。

二人は今戸橋《いまどばし》近くの裏店《うらだな》に新居を構えた。

お佐津にしてみれば、競争相手を蹴落《けお》とし、周三郎と所帯が持てたのであるから、天にも昇る心地であっただろう。

が、蜜月《みつげつ》はそうそう永《なが》くは続かなかった。

半年もしないうちに、周三郎が馬脚《ばきやく》を露《あら》わしたのである。

周三郎はびたくさ言い寄る女ご相手に、次第に内を外にするようになると、そのうえ、手慰《てなぐさ》みにまで嵌《はま》ってしまったのである。

お佐津はひたすら堪《た》えるしかなかった。

女ごと切れてくれ、二度と賭場《とば》には行かないでくれと泣きすがれば、その瞬間、周三郎に愛想尽《あいそづ》かしをされ、捨てられてしまうのではなかろうか……。

そんなふうに、ただひたすら、周三郎に捨てられることだけを怖れたのである。お佐津はお美濃を身籠《みご》もってからも、身重《みおも》な身体で茶立女を続け、夜の目も見ずに針仕事までして、周三郎の待つ賭場へと金を届け続けた。

ところが、お美濃が二歳になったばかりの頃である。

周三郎が深川冬木町の乾物問屋河津屋のお内儀《ないぎ》お滝《たき》に、見初《みそ》められたのである。

元々、芝居好きだったお滝は、三日に上げず猿若町に通っていた。

無論、団十郎《だんじゆうろう》や羽左衛門といった役者が目当てだったが、彼らは到底高嶺《たかね》の花……。

ならば……、と密《ひそ》かに目をつけたのが、番付売りの周三郎であった。

が、当時のお滝には、歴《れっき》とした亭主がいた。

亭主は入り婿だったが、だからといって、大店《おおだな》の内儀が不義密通《ふぎみっつう》など出来ようもない。

お滝はただ遠目に周三郎を眺《なが》めるだけで心に折り合いをつけてきたのだが、あるとき、運命の神がお滝に微笑《ほほえ》んだ。

亭主が呆気《あっけ》なく、卒中《そっちゅう》でこの世を去ってしまったのである。

お滝にしてみれば、まさに、福徳《ふくとく》の百年目……。

元々、亭主に惚《ほ》れていたわけではない。

大店の家付き娘として、親の言いなりに、当時、番頭をしていた男を亭主に直したのだが、双親《ふたおや》とも既にこの世にはいないし、亭主までが、なんともあっさりとこの世を去ってくれたのである。

これからの人生は、あたしの思うがまま……。

四十路《よそじ》に手が届こうという歳《とし》になって、初めて自分の中に女ごを見たお滝は、矢も楯《たて》も堪《たま》らず、周三郎に食指《しょくし》を動かした。

「周三郎という男は、上昇志向の強《つえ》ェ男でよ。本当は役者になりたかったのだろうが、あの世界は家柄がものを言うからよ。それで、番付売りに甘んじていたんだろうが、いつかは人の上に立ちてェという想いが捨てきれなかったんだろうて……。そこに、お滝が甘《あめ》ェ言葉を囁《ささや》いた。周三郎が飛びつかねえわけがねえ……。お滝と所帯を持つということは、河津屋の主人《あるじ》になることだからよ」

友七が糞忌々しそうに、チッと舌を打つ。

「じゃ、お佐津さんは……。冗談じゃないよ！　あの男には、女房も子もいたんだよ。河津屋の内儀だって、ちょいと調べれば、そんなことは分かっただろうに……」

お葉が甲張った声を張り上げると、友七はまたもや太息を吐いた。

「金よ……。何もかも、お滝が金で片をつけた」

「金って……。じゃ、お佐津さんは金を貰って、あっさりと身を退《ひ》いたというのかえ？」

「いや、そうじゃねえんだ……。その頃、周三郎は手慰みで拵《こしら》えた借金を七、八十両は抱えていたそうでよ。お滝はそれを楯にお佐津に迫ったそうだ。おまえにその金が返せるのか？　女房なら、亭主の代わりに借りを返すのが道理じゃないか、世の中には、亭主のために泣く泣く身を売る女ごもいる、それが出来ないようでは、女房だなんて偉そうな顔をするもんじゃない……、とそう言ってよ。お滝が腹黒《はらぐれ》ェのは、ここからだ。お佐津の母性愛まで擽《くすぐ》ったのよ。おまえには娘がいる、幼い娘を残して、流の里に身を落とすのは辛かろう、だから、すっきりと身を退きな、周三郎はあたしに委《まか》せておけばいいんだから……、となし
「てんごうを！　それで、お佐津さんはあっさりと身を退いたというのかえ？　それじゃ、周三郎が身売りしたのと同じじゃないか」

友七が唇をへの字に曲げ、頷《うなず》く。

「形振《なりふ》り構わずとは、まさに、このことでよ……。何はともあれ、お滝は周三郎が欲しいし、周三郎は大店の主人の座が欲しい。二人にとっちゃ、形《かたち》なんてどうでもよ

かったのさ。それが証拠に、現在《いま》じゃ、周三郎は立派に河津屋の主人だ。この頃うち、お滝も歳食っちまってか、周三郎の女道楽に匙《さじ》を投げたようでよ。なんだかんだといっても、未《いま》だ、しっかと夫婦《めおと》の絆《きずな》を保っている……」

お葉が口惜《くちお》しそうに、きっと唇を嚙《か》み締める。

「それで、お佐津さんはどうなったのさ」

「それよ……。お美濃の話で判《わか》ったんだがよ。お美濃が四歳になったばかりの頃、今戸橋から身を投げた……。お佐津はすっかり気落ちしてしまってよ。周三郎に離縁されてからというもの、で生きてきた……。以来、お美濃は親戚の家を盥回《たらいまわ》しにされ、肩身《かたみ》の狭《せめ》ェ想いだから、てめえには父親《てておや》はいねえと思っていたそうでよ。ところが、十五のとき、当時、世話になっていた遠縁の家で、初めて父親のことを聞かされたんだな。同時に、父親が母親にした仕打ちも知った……。それからよ、お美濃の胸に、父親に対する復讐《ふくしゅう》の焰《ほのお》が燃え上がったのは……」

「それで、お美濃は素性を隠して、河津屋のお端下に潜り込んだというのだね」

お葉の胸が熱くなった。

お美濃という娘には逢《あ》ったことがないが、その胸に燃えさかる修羅《しゅら》の焰が、お葉にも見えるように思ったのである。

あたしだって、おとっつァんやあたしを捨てた、おっかさんが許せなかった……。

だって、おとっつァんはおっかさんに見世の金の全てを持ち出され、そのために身《しん》代《だい》限《かぎ》りをして、首括《くびく》りしちまったんだもの……。

お葉は胸の内で呟《つぶや》いた。

あたしだって、何度、男と逃げたおっかさんを捜《さが》し出し、おとっつァんの恨みを晴らそうと思ったことか……。

「やっぱ、この話はおめえには辛かったようだな。そりゃそうよのっ。おめえも同じような道を辿《たど》って来たんだもんな。けど、おめえは偉《えれ》ェよ。決して、お美濃のように、とち狂いはしなかったもんな。あのとき、てめえの道はてめえで切り開くとばかりに、これからは芸で身を立てる、親分、良い置屋《おきや》を紹介してくれねえかと、十歳やそこらの娘が、俺の前で頭を下げて頼んだんだもんな」

友七がしんみりとした口調で言う。

「嫌だよ、親分、そんな昔のことを……」

お葉はふっと頭を過ぎった母久乃《ひさの》への想いを払うと、改まったように、友七に目を据《す》えた。

「けどさ……」

煙草《たばこ》をくゆらせていた友七が、灰吹《はいふ》きに煙管《きせる》の雁首《がんくび》を打ちつけ、慌てて、お葉に目を戻す。

「お美濃が復讐しようと、河津屋に潜り込んだところまでは解ったよ。けどさ、素性を隠していたにせよ、周三郎はお美濃を見て、我が娘だと気づかなかったのだろうか……。幼い頃に別れたきりといっても、お美濃はお佐津さんの娘だよ。母娘《おやこ》だもの、どこかしら似ていてもよいと思うんだが、それとも、あの男はお佐津さんのことまで綺麗《きれい》さっぱり忘れちまったというのかえ？　それにさ、それよりもっと解らないのは、お美濃だよ。母親の恨みを晴らそうと、お端下になってまで周三郎に近づいたところまでは解るよ。けど、それが何故、愛妾に？　お美濃は父親《てておや》を恨んでいるんだよ。それなのに、そんな男の愛妾になろうと思うかい？　ましてや、相手は血を分けた父親だというのにさ……」

友七は、やれ、と大きく肩息《かたいき》を吐いた。

「そのことだがよ。それだけは、この俺にも解らねえ……。番屋《ばんや》での取り調べでも、あいつ、唇をきっと噛み締め、そのことについちゃ、一切《いっさい》、喋《しゃべ》ろうとしなかった。まっ、お白洲《しらす》に出りゃ、いずれ、全てを吐いちまうんだろうがよ」

友七はそう言うと、提《さ》げの煙草入れをまさぐり、再び、煙管に甲州《こうしゅう》（煙草）を詰めた。

お美濃の動機が判ったのは、三日後のことであった。

たまたま、この日は両国《りょうごく》川開きとあって、正午を過ぎた頃から、ここ深川黒江町界隈には、どこかしら喧噪《けんそう》に満ちた雰囲気が漂い、常なら富岡八幡宮へと流れる人の波が、今日ばかりは、浮き足立ったように大川へ大川へと流れていく。

「全く、仕事になりゃしねえ……。両国橋は勿論のこと、永代橋《えいたいばし》や新大橋《しんおおはし》にまで人溜《ひとだまり》が出来てるってんだから、町飛脚にとっちゃ、いい迷惑だ！」

正蔵が蕗味噌を嘗めたような顔をして見世から戻って来ると、繰言《くりごと》を募《つの》る。

「毎年のことじゃないか。今更、愚痴《ぐち》ったところで仕方がないさ。じゃ、葭町からの便は朝方届いただけで、午後はまだなんだね？　で、うちはどうだい？　葭町への便は出したんだろうね」

お葉が茶を淹れながら訊《たず》ねると、正蔵が、いや、それがそのう……、と喉《のど》に小骨でも刺さったかのような顔をした。

「なんだえ、まだ出ていないのかい！」

「いや、佐之助が出るには出たんだが、二刻半《ふたときはん》（五時間）も経《た》ってってェのに、一向に戻って来やしねえ……。恐らく、人立《ひとだち》に道を塞がれ、立ち往生《おうじょう》してるんだろうが、あいつが帰《けえ》って来ねえと、今日の配達には間に合わねえからよ……」

「まっ、坐《すわ》って、お茶でも飲みな。そのうち帰って来るだろうからさ」

お葉がそう促《うなが》したときである。

「おっ、丁度良かった！　馳走《ごち》になるぜ。喉がからついて堪んねえや」

友七親分がばたばたと荒々しい足音を立てて茶の間に入って来ると、正蔵にと猫板の上に置いた湯呑を鷲掴《わしづか》みにして、ぐいと呷った。

そうして、ウン、と正蔵を窺《うかが》う。

「こりゃ、おめえさんの茶だったのか……。そいつァ、済まねえことをしたな。が、済まねえついでだ。女将、もう一杯《いっぺえ》！」

そう言い、ぐいと湯呑を突き出す。

お葉はくすりと肩を揺らした。

「お安いご用だ。けど、そんなに慌てて、一体、どうしたってのさ」

友七がどかりと長火鉢の傍に腰を下ろす。

「どうしたもこうしたもねえのよ。お美濃が吐いた……。洗いざらい、話してくれてよ」

「まあ……。それで？」

「俺ャ、これから川開きの見廻りに出なくちゃならねえんだ。それで、あんましゆっくりもしていられねえんだが、お美濃のことだけは、一刻も早く耳に入れておいたほうがいいと思って、大番屋から急いで戻って来たのよ」

友七は二番茶を口に含むと、たった今、聞いて来たことを話し始めた。

それによると、素性を隠して河津屋に潜り込んだお美濃は、当初《はじめ》は、お端下として甲斐甲斐《かいがい》しく働いていたという。

ところが、お端下では思うように周三郎に接近することが出来ない。

それで、お美濃は手代たちが主人のことを、名うての女誑《おんなたら》し、と陰口を叩いているのを小耳に挟《はさ》み、それからというもの、周三郎の姿を目にするや、仕為振《しなせぶ》りな態度を取るようになったという。

お美濃の作戦は見事に当たった。

さほど時を置かずして、奥向きのお端下に取り立てられるや、周三郎の身の回りの世話を務めるようになったのである。

お美濃は十九歳。水気もあれば、現在《いま》が盛りの娘であった。化粧気《けしょうけ》のない瑞々《みずみず》しい肌に、それでいて、時折見せる、ぞくりとするような汐《しお》の目……。

四十路を過ぎた男なら、周三郎でなくても、お美濃の初《うぶ》な色香《いろか》に惑《まど》わされたであろう。

「だがよ、河津屋の内儀はよくまあ、そんな女ごを亭主の側近くに置いたもんだぜ。肝精《きもせい》を焼かなかったのだろうか……」

正蔵が首を捻《ひね》る。

「それがよ、お滝も今や五十路半《いそじなか》ばだ。肝精を焼くのにも疲れちまったんだろうて……。それによ、亭主が内を外にして、遊び女《め》相手にいちゃつくよりは、お端下に現《うつつ》を抜かしていてくれたほうがいいと思ったのかもしれねえしよ。玩具《おもちゃ》でも与えたつもりになったんだろうて……。とにかく、お滝は見て見ぬ振りを通したそうだ。ところがよ、周三郎の野郎、いい歳扱《こ》いて、本気になりやがった……」

友七は胸糞《むなくそ》が悪そうに、ヘン、と鼻で嗤った。

「お美濃はよ、ただ、周三郎の鼻を明かすことだけを目的に近づいた。復讐なんていったって、何をどうするかなんてことまでは考えていなかったんだとよ……。自分が周三郎に媚《こび》を売ることで、夫婦の仲を拗《こじ》らせ、挙句《あげく》、周三郎が河津屋から叩き出されれば……、そう考えていたらしくてよ。ところが、どういう理由《わけ》か、お滝は知らぬ半兵衛《べえ》を決め込んじまった……。そうなると、お美濃はてめえが仕掛けた罠《わな》に嵌ったのも同然。それで、べたべたとびりつく周三郎の手を逃れようと、お内儀《かみ》さんを裏切ることは出来ない、お内儀さんの目が怖い、とかなんとか言い逃れを始めたんだな。そしたら、どうでェ！　周三郎の奴、おめえさえその気なら、妾宅を構えてもいいとまで言い出したんだとよ」

「それが、山本町の仕舞《しも》た屋だというんだね」

お葉がそう言うと、友七が、ああ、事件のあった、あの家だ、と苦渋《くじゆう》に満ちた顔をした。

周三郎に妾宅を構えるとまで言われたのでは、お美濃には為《な》す術《すべ》がなかった。

そうして、家移《やうつ》りをした、その夜のことである。

お美濃はどう足掻《あが》いても逃げ切れないと腹を決め、蒲団《ふとん》の下に出刃包丁を隠し、寝床に入った。

こうなったからには、この男を刺し殺すまで……。

きっと、おっかさんもそれを望んでいるに違いない……。

お美濃は懸命《けんめい》にそう思おうとしたそうである。

だが、迷いがなかったわけではない。

刺す前に、一度だけ、この男《ひと》をおとっつァんと呼んでみようか……。

そうしたら、この男、どんな顔をするだろう。

もしかしたら、あたしのことを娘だと認めてくれるかもしれない……。

お美濃の心は千々《ちぢ》に乱れた。

「俺ャよ、その話を聞いて、切《せつ》なくなったぜ。お美濃は端《はな》から周三郎を刺したいとは思っちゃいなかった……。それなのに、あの野郎、お美濃からおとっつァんと呼ばれたとき、どこの誰のことを言ってるんだ、という顔をしたんだとさ！　お美濃が自分はお佐津の娘だと打ち明けても、あの女ごは娘を道連れに大川に身を投げて死んだ、第一《でえいち》、あの女ごの産んだ娘が自分の娘と決まったわけじゃねえ、所詮、水茶屋の女ごだ、誰の子を孕《はら》んだのか判ったもんじゃねえ……、なんと、そうせせら笑ったそうでよ。お美濃の頭にカッと血が昇ったのは、その瞬間だった……。お美濃がよォ、お白洲で泣き叫んだってよ。あの男があんなことを言うまでは、あたしは本気で刺そうなんて思っちゃいなかった！　あたしを娘と認めてくれないのは許せるとしても、あの男がおっかさんを侮辱《ぶじょく》することだけは、どうしても許せなかった……、そう言ってよ」

友七の目が紅く染まっている。

お葉の胸にも、うっと熱いものが衝《つ》き上げてきた。

あの男がおっかさんを侮辱することだけは、どうしても許せなかった……。

そう泣き叫んだ、お美濃。

周三郎がお佐津を否定するということは、お美濃も否定されているということ……。

その瞬間、お葉はお美濃が父親を恨んでいたのではなく、求めていたのだと悟った。

だからこそ、周三郎のより近くにいたいと思ったのであろう。

周三郎が常並《つねなみ》の男なら、端から娘だと名乗りを上げて、涙の再会が出来たかもしれない。

が、お端下として河津屋に潜り込んだお美濃は、すぐさま、周三郎がそんな男ではないと悟り、苦肉《くにく》の策として、愛妾という立場で、より近くに身を置こうと思ったのであろう。

だが、ぎりぎりのところで、心の声が叫んだ。

おとっつァん！

そのひと言が、まさか、無残にも自分の夢を打ち砕いてしまうとは思ってもみなかったのである。

求める心が強ければ強いほど、叶《かな》わなかったときの疵《きず》もまた大きい。

親子だからこそ、なお一層、その疵は大きくなる。

お葉は胸の間《あわい》から懐紙《かいし》を取り出すと、そっと目頭《めがしら》を拭った。

「それで？　お美濃にはどんなお沙汰《さた》が……」

正蔵が友七を窺う。

「まだ沙汰が下りたわけじゃねえ。が、周三郎は生命《いのち》を取り留《と》めたんだ。お美濃が犯行に駆られた事情も事情だしよ。情状酌量《じようじようしやくりよう》ってことで、所払《ところばらい》か人足寄場《にんそくよせば》送りで済めばよいがと願っちゃいるが、情状酌量となると、被害者からの嘆願が必要となるからよ。ところが……」

「なんだって！　河津屋が嘆願書を出さねえとでも？」

正蔵が思わず胴間声《どうまごえ》を上げる。

「現在《いま》のところはな……。それがよ、どうも妙なんだ。お美濃をただのお端下だと思っていたときには、玩具として亭主に与えてもよいと高を括っていたお滝がよ、お美濃がお佐津の娘と知った途端に、態度が一変してよ。自分を騙そうなんて、とんでもない性悪女《しょうわるおんな》だ、亭主を盗ろうたって、そうはさせない、とまあ、突然、修羅の焔を燃やし始めてよ。情状酌量どころか、獄門にかけてくれと喚《わめ》き散らす有様でよ。怖《こえ》ェな、女ごって……。何を考えているんだか、くわばら、くわばら……」

友七が態と大仰に顫《ふる》えてみせる。

お滝はお佐津を怖れているのだ……。

お葉はそう思った。

嘗《かつ》て、お佐津から周三郎を奪ったお滝は、お佐津がお美濃に姿を変えて、恨みを晴らしに来たと思っているのかもしれない。

一度も子を産むことのなかったお滝には、実感として親子の情愛が理解しがたいだけに、一層、不気味に思えるのではなかろうか。

周三郎にしても、思いもしなかった娘の出現に驚いただけで、少し冷静に考えれば、そこは血を分けた父と娘……。

冗談じゃない！

この期《ご》に及んで、お佐津にしっぺ返しをされて堪るもんか……。

お滝はそう考えたのではなかろうか。

全てはお葉の推測にしかすぎないが、何故かしら、そう思えてならなかった。

「大丈夫ですよ！　河津屋が嘆願しないというのなら、あたしが代わりにしようじゃないか！　親分、署名は五十ほどあればいいんだろ？　大丈夫だよ。五十でも百でも、委《まか》せときな！」

お葉がぽんと胸を叩いてみせる。

「女将さん、そんなことを言っちゃっていいんですか？　河津屋はうちの得意先だ。そんなことをして、気分を害すことにでもなっちまったら……」

正蔵が挙措《きよそ》を失う。

が、お葉はふふんと嗤った。

「気分を害したければ、害せばいいさ。てめえの娘一人も助けられないような得意先なら、日々堂のほうから絶縁状を叩きつけてやるさ！」

「そうでェ、そうこなくっちゃ！　流石《さすが》は、女将！　よくぞ言ったぜ。署名集めにや、この俺も協力させてもらうからよ。いけねえや！　もう七ツ（午後四時）じゃねえか。ここで油を売ってる場合じゃなかったんだ。馳走《ごち》になったな。じゃ、ちょっくら行ってくらァ！」

友七が腰を上げかける。

するとと、大川のほうで、パァンパァン、と音が響いた。

どうやら、試《ため》し打ちが始まったようである。


両国川開きが終わると、一気に夏めいてくる。

この季節、古手屋は年に二度の書き入れ時を迎え、友七の女房お文はこめかみに即《そっ》効紙《こうし》を貼《は》りつけ、日がな一日、応接に暇《いとま》がなかった。

「お客さん、無茶を言ってもらっちゃ困りますよ。この袷と鎌輪《かまわ》ぬ模様《もよう》をすっと替えだなんて……。そりゃね、確かに、この黒羽二重《くろはぶたえ》は上物《じょうもの》ですよ。けど、袖口がこうすり切れてたんじゃ、洗い張りをして仕立て直しをしなくちゃならないし、それじゃ、足が出ちまう……。その点、この鎌輪ぬ模様は裁ち下ろし同様だからね。どう見積もっても、追銭《おいせん》として、小白《こじろ》（一朱銀）の一枚は貰わなくっちゃ……」

お文が遊び人ふうの男の着物を値踏みし、ぱちぱちと算盤《そろばん》を弾《はじ》く。

「ヘン、天骨《てんこち》もねえ！　何が追銭でェ！　この黒羽二重は目方があるんだ。柳原土手なら、鎌輪ぬ模様に浴衣《ゆかた》までつけてくれるぜ」

「ああ、そうかえ。だったら、うちに気を兼ねることなく、とっとと柳原土手に行っとくれ！」

お文がぞんざい気に言い放つと、男は途端に潮垂《しおた》れ、渋々と早道から小白を摘《つま》み出した。

「毎度！　ああ、そうだ。その代わりに、少し早いが、これはうちからの中元だ。江《え》戸紫《どむらさき》の手拭だからね。助六《すけろく》張りに、粋《いき》に決めるといいよ」

お文に手拭を手渡され、男の目尻がでれりと下がる。

「おっ、これこれ……。俺ャ、こいつが欲しかったのよ。じゃあな、女将。また秋に来るからよ！」

「あいよ！」

男はその場で鎌輪ぬ模様の単衣に着替えると、江戸紫の手拭を肩になびかせ、上《じょう》機嫌《きげん》で帰って行った。

お文はこういったところに、実にそつがない。

黒羽二重は通人好《つうしごの》みである。

一見、遊び人の男が歌舞伎柄《かぶきがら》の鎌輪ぬ模様に執着《しゅうちゃく》したと見るや、しっかりと追銭を払わせ、そのうえで、客が機嫌を損《そこ》ねないようにと、助六の名前をちらと口にし、江戸紫の手拭をおまけにつけてやる。

また秋に来るからよ！

客から、こう返ってくれれば、しめたもの……。

「女将さんには敵《かな》いませんね！　あたしじゃ、ああはいかなかった……」

小女《こおんな》のおなみが呟く。

「おまえね、あたしが何年この商いをやって来たと思うんだい。そんなことはいいからさ、さっ、早くこの黒羽二重を洗い張りに出しとくれ！　あっ、いらっしゃいませ。単衣でございますか？　こちらにずらりとぶら下がっておりますが、中にもまだ沢山ありますので、気軽に声をかけて下さいましね！」

お文は母娘《おやこ》連れの客に声をかけると、口の中で呟いた。

ああ、忙しい……。全く、中食を食べる暇もないんだから……。

その夜、帰宅した友七を相手に、お文は次から次へと繰言を並べ立てた。

「あたしも歳だよ。先《せん》には、忙しければ忙しいほど身体に張りが出たけど、現在《いま》じゃ、一つ事を終えて、次に取っかかろうとすると、溜息が出ちゃってさ……。もう少し、おなみや勇吉《ゆうきち》がしっかりしてくれたらいいんだけど、あいつら、使い物になりゃしない。ああしろこうしろと命じたことは熟《こな》すんだけど、率先《そっせん》して動こうとしないんだから！　あたしが若い頃には、あんなんじゃなかったんだけどね。言われる前に、次は何をすればよいのか、自分の頭でちゃんと考えていたからね」

「言えてらァ……。うちの下っ引きたちも同様よ。俺ヤ、参次にいつも言ってるんだがよ。てめえの頭は糸瓜《へちま》か、軽石かってよ。まっ、どこも同じなんじゃねえか？」

「けど、日々堂の若い衆はよく働くじゃないか」

「あそこは正蔵やおはまが目を光らせているからよ。それに、女将が人を使うのが実に上手《うめ》ェ！　褒《ほ》め上手《じょうず》とでもいうんだろうな。皆、女将から褒められようと、それこそ競《きそ》うようにして働くからよ」

「へえェ、そうなんだ……。じゃ、おなみや勇吉の気が利《き》かないのは、このあたしのせいなのかえ？」

「まっ、そういうわけでもねえんだろうがよ……。おっ、それより、晩飯は？　なんでェ、また、冷奴《ひややっこ》に稲荷寿司かよ！」

友七が箱膳《はこぜん》にかかった布巾《ふきん》を払い、眉を顰《ひそ》める。

「ご免よ。だって、夕餉《ゆうげ》を作る暇がなかったんだもの……。おまえさん、豆腐《とうふ》は好物じゃないか。毎日食べたって食い飽《あ》きないって、確か、そう言っていなかったかい？」

お文が上目遣《うわめづか》いに友七を窺う。

友七はやれと息を吐き、徐《おもむろ》に箸《はし》を取った。

確かに、豆腐は友七の好物である。

夏場は冷奴、秋から冬にかけては湯豆腐と、一杯ひっかけながら食すと、これが実に美味《びみ》である。

だが、如何に豆腐が好きといっても、皿の上に四つ切りにした豆腐がでんと載《の》っかっているだけでは……。

せめて、豆腐の上に刻《きざ》み葱《ねぎ》や生姜《しょうが》、鰹節《かつおぶし》でもかかっていれば話は別だが、これでは、明らかに手抜きである。

すると、葱を刻み、生姜をおろす、その暇もなかったということなのであろうか。

「今、一本燗《つ》けるからさ！」

お文が愛想笑いをしてみせる。

「あたしさァ、考えたんだけど、うちもお端《す》下をもう一人雇ってはどうかと……。見世の仕事だけじゃなく、お勝手仕事まで助けてくれる女ごをさ。若くなくていいんだよ。寧《むし》ろ、多少歳を食っているほうが、気扱《きあつかい》に長《た》けていていいかもしれない。日々堂に行ったら、女将さんにそう伝えておくれでないか」

長火鉢の銅壺《どうこ》から銚釐《ちろり》を取り出し、お文が呟く。

友七は豆腐を一口頬張《ほおば》ると、おっと、お文を見た。

「それなんだがよ。実は、俺もおめえに相談してェと思っていたところなのよ」

「相談って……」

「いや、うちにお端下を入れる話なんだがよ。おめえ、後ひと月ほど、辛抱できねえか？」

「後ひと月って……。なんでさ」

「それがよ、ほれ、河津屋のお端下をしていた、お美濃……。日々堂の女将や俺が署名集めに奔走《ほんそう》したお陰で、情状酌量の三十日の過怠牢舎《かたいろうしゃ》と決まった。要するに、敲《たた》き刑の換刑《かんけい》なんだがよ。敲き一打を一日として換刑し、三十日……。まっ、お美濃は河津屋の旦那、いや、父親《ておや》に大怪我《おおけが》を負《お》わせてしまったんだ。これくれェの軽い刑で済んだのを、有難《ありがて》ェと思わなくちゃならねえだろうな。ところがだ、過怠牢舎を終え、娑婆《しゃば》に出て来てからが問題だ。勿論のこと、河津屋に戻れるわけがねえし、かといって、今更、罪人となったお美濃を引き取る親戚なんていやしねえ……。それで、お葉さんが日々堂に引き取ると言いだしてよ。だが、日々堂の宰領《さいりよう》もこの俺も、それには反対でよ。だって、そうだろうが……。河津屋は日々堂の得意先だぜ？　お美濃の情状酌量を求めて、署名集めに奔走したことだけでも、お葉さんは河津屋に後ろ足で砂をかけちまった……。が、そこまでは仕方がねえとしてもだぜ、このうえ、お美濃を日々堂で引き取ったんじゃ、河津屋が面《めん》を欠《か》いちまう。日々堂にしてみれば、河津屋に挑戦状を叩きつけるようなものだからよ。宰領はそれを案じているのさ。狭《せめ》ェ深川だからよ、極力、波風を立てねえように、商いをやっていかなきゃな……。俺も、宰領の考えに賛成だ。それでだ……」

友七が改まったように、お文に目を据える。

「うちでその娘《こ》を引き取るっていうんだね。心得丹波《こころえたんば》の大江山《おおえやま》！　あたしはそれでいいよ。けど、そのお美濃って娘、確か、二十歳《はたち》前と聞いたが、仕事は出来るんだろうね？」

「ああ、四歳の頃に母親に死なれ、それから、親戚の家を転々として来たんだ。苦労を絵に描いたような娘だからよ。勝手仕事や裁縫《さいほう》など、大概《てえげえ》のことは常並以上に出来るそうだ。これは河津屋の女中頭から聞いた話だから、間違《まちげ》ェねえと思うぜ」

「そうかえ……。そんな娘《こ》が来てくれたら、百人力《ひやくにんりき》だ。あたしも少しは楽が出来るかね。まあね、誰が考えたって、うちがあの娘を引き取るのが筋だもんね。日々堂が引き取れば河津屋に角も立とうが、おまえさんは岡っ引きだもの、誰が文句を言おうかえ……。大した給金は払ってやれないかもしれないが、養女にしたつもりで、いずれ、うちから嫁に出してやったっていいんだもんね！」

お文が、さっ、前祝いだ、と銚釐を翳《かざ》す。

なんと、気っ風のよい女ごなのであろうか……。

友七は盃《さかずき》をぐいと空《あ》け、

「おっ、おめえも一つどうでェ！」

と返盃《へんぱい》する。

「あいよ！」

お文の威勢《いせい》のよい声が飛んだ。

「お美濃を古手屋で引き取ってくれるのだって？　正蔵から聞いて、あたし、なんだか溜飲《りゅういん》が下がったような気がしてね……。親分、この通りだ。よくぞ決心して下さいました」

お葉は深々と頭を下げた。

「おっ、止《よ》しとくれ！　俺ャ、おめえさんに頭を下げられるようなこたァしちゃいねえんだ。なに、丁度、嗅がお端下をもう一人欲しがっていたところだったのよ。此《こ》の中《じゅう》、嗅も焼廻《やきまわ》っちまってよ。ろくに飯の仕度も出来ャしねえ……」

友七親分が照れたように鼻を擦《こす》ると、お葉がえっと目を瞬く。

「そうだったのかえ、ちっとも気づかないものだから……。だったら、もっと早く、そう言ってくれれば、おはまに言って、親分や女将さんの食事くらい運ばせたのにさ。じゃ、早速、今宵からでも……」

「ま、待ちな！　俺ャ、そういう意味で言ったわけじゃねえんだ。それによ、そのことは、お美濃が来てくれれば片がつく話だしよ」

「けど、お美濃が刑を終えて出て来るのは、まだひと月も先じゃないか。あたしはそれまでのことを言っているんだ。親分が気を兼ねることなんてないんだよ。いつも言っているように、うちは口が一つや二つ増えたって、一向に構わないんだからね。本当は、親分にここで一緒に食べてもらえばいいんだけど、それじゃ、女将さんが独りぼっちになり、寂《さみ》しいだろ？　だから、せめて毎食、お菜《さい》だけでも届けさせて下さいな」

お葉はそう言うと、ポンポンと厨《くりや》に向かって手を叩く。

おはまが慌てたように茶の間に顔を出す。

「おや、親分、お越しでしたか。亭主から聞きましたよ。流石は親分、太っ腹！　お美濃って娘を引き取るそうではありませんか」

「そのことなんだがね。まあ、水臭《みずくさ》いじゃないか。此の中、古手屋は書き入れ時だろ？　女将さんが勝手仕事にまで手が廻らないというんだよ。だったら、早く言ってくれればいいのにさァ……。ねっ、おはまもそう思うだろ？　そんなわけだから、お美濃が古手屋に入るまで、親分と女将さんの食事を頼んだよ。毎食、お菜だけでも、誰かに届けさせておくれ」

「お安いご用で……。えっ、でも、お菜だけでいいのですか？　なんなら、ご飯も届けますが……」

「全くもう！　女将も女将だが、おはまも気が早《はえ》ェ……。飯まで持ってこなくていいんだよ。朝炊《た》けば済む話だからよ」

「では、お汁《つゆ》は届けましょうね。鍋に入れたまま運べば、長火鉢でちょいと温め直せますからね」

「ああ、そうしておくれ」

お葉は安堵《あんど》したように、笑《え》みを浮かべた。

おはまが再び厨へと戻って行く。

「で、その後、河津屋はどうしています？　旦那の怪我の具合は？」

「医者の話だと、もう疵口《きずぐち》が塞がっているというからよ。刺されたといっても、元々、大《てえ》した怪我じゃなかったんだろうて……。恐らく、お美濃のほうに躊躇《ためら》いがあったんだと思うぜ。激情に駆られ、つい出刃へと手が伸びちまったが、刺しながらも尚且《なおか》つ、躊躇った……」

「そりゃ、なんといったって、父娘《おやこ》だもんね……」

お葉がふうと肩息を吐く。

「周三郎も此度のことは余程堪えたのだろうて……。腹の傷は大《てえ》したことなかったが、あれ以来、気の方《かた》にかかっちまってよ。まっ、身体より心のほうが疵ついたということよ。ところが、驚くなかれ！　あれから、俄然《がぜん》、お滝が張り切っちまって、現《い》在《ま》こそ、亭主を支えるときとばかりに、いそいそと周三郎の世話を焼いてるそうでよ。人の心ほど計り知れねえものはねえというが、あの夫婦の心ほど解らねえものはねえ……。まっ、それだけ、二人の絆が強《つえ》ェということなんだろうが、俺ャ、あの二人のことは匙《さじ》を投げた。お美濃が入《へえ》り込む余地なんて、どこにもねえ……。これで、俺もさばさばしたぜ。お美濃を引き取ろうと決めたのはいいが、あれでも、いつ周三郎の気が変わって、お美濃と父娘《おやこ》の縒《よ》りを戻してェと言い出すかもしれねえと思ってよ。が、お滝の目が黒《くれ》ェうちは、絶対に、そんなことはあり得ねえ……」

友七はふっと寂しそうな笑いを見せた。

「結句、生涯《しょうげえ》、俺は子が持てなかったがよ。仮に、子がいたとしたら、俺に周三郎のようなことが出来るだろうか……。俺みてェに欲しくても子に恵まれねえ男もいるというのに、実の父親《てておや》が子に愛情を持てねえなんて、とても信じられなくてよ」

「親分……」

お葉が友七を瞠める。

「あたし、思うんだよ。きっと、神仏が親分と女将さんの元に、お美濃を遣《つか》わしてくれたんだと……。あたしはそんなに信心深いほうではないけど、なんだか、そんなふうに思えてさ。だから、これで良かったんだよ」

友七の目が潤《うる》んでいる。

「おめえの言うとおりでェ……。実はよ、俺と嬶の間に子が出来なかったわけじゃねえんだ。あいつと所帯を持って、一年もした頃かな……。丁度、古手屋を始めたばかりで、嬶も慣《な》れねえ仕事に気が張っていたんだろうて、流れちまってよ。以来、再び子に恵まれることはなかったが、あのとき流れた子が無事に育っていてくれたら……。そう思うと、胸がつまされてよ。嚊が言うんだ、いっそのやけ、お美濃を養女にしちまったらって……。冗談口なんだけどよ。けど、俺ャ、それが嚊の本心じゃなかろうかと思って……。へへっ、いけねえや、涙が勝手に出て来やがる……」

友七は堰《せき》切《き》ったように、はらはらと涙を零《こぼ》した。

今初めて、お葉は友七の心の疵を垣間《かいま》見たように思った。

お葉が友七と水魚《すいぎょ》の交わりをするようになったのが、十歳のとき……。

母久乃の出奔《しゅっぽん》に伴《ともな》い、生家の身代限り、父嘉次郎《かじろう》の自殺と、一度に何もかもを失ってしまったお葉の片腕となってくれたのが、蛤町の親分友七だった。

「あたし、これからは芸で身を立ててるんだ。三味線《しゃみせん》と舞は大人顔負けだとお師《し》さんも言ってくれるし、芸を売る辰巳芸者《たつみげいしゃ》なら、あたしにも出来るような気がするの。親分、お願いです。どこか良い置屋を紹介して下さい」

お葉は嘉次郎が遺《のこ》してくれた僅《わず》かばかりの金で、自活しようとした。

友七はそんなお葉の陰になり日向《ひなた》になりして、支えてくれたのである。

だから、お葉の目には、常に、友七は強い男、頼り甲斐のある男としてしか映《うつ》っていなかった。

強面《こわもて》だが、目に優《やさ》しい光を湛《たた》えた友七……。

その友七が、心にこんな疵を抱えていたとは……。

お葉が友七に懐紙をそっと手渡す。

「済まねえ……」

友七はチーンと洟《はな》をかんだ。

「お美濃が出て来たら、うちで祝膳《いわいぜん》を仕度させて下さいな。その日は、女将さんにも見世を早仕舞《はやじま》いしてもらってさ。ここで、お美濃の再出発を祝ってやろうよ」

お葉が茶を淹れながら言う。

「何から何まで、済まねえな」

「いいってことよ！　親分、あたしは親分を実のおとっつァんのように思ってるんですからね。今まで、どれだけ親分から恩を受けたか……。一分《いちぶ》の恩にも舌を抜かれろというだろう？　それを思えば、あたしはまだ何ほども恩を返しちゃいない」

「嬉《うれ》しいことを言ってくれるじゃねえか。俺もおめえのような娘がいてくれたらと、何度、そう思ったことか……」

「親分の娘にしては、些か、薹《とう》が立っちまいましたがね。けど、これからは、お美濃がいるんだ。実の娘が出来たと思って、せいぜい可愛《かわい》がってやるんだね」

「だがよ、この話は、まだお美濃に伝えたわけじゃねえんだ。肝心《かんじん》のお美濃がどう思うかと考えたら、なんだか怖《こえ》ェような気がしてよ」

「てんごう言ってんじゃないよ！　悦《よろこ》ぶに決まってるじゃないか。肉親の愛に幸薄《さちうす》かった娘だもの、互いに心を開き、信頼し合えば、血の繋《つな》がった親子より、もっと絆が太くなる。あたしと清太郎をみてごらん？　現在《いま》じゃ、どんな親子にも負けない、太い絆で結ばれているからさ」

「そりゃそうだ……」

友七が頷き、お葉の淹れた茶を口に含む。

「美味《うめ》ェ……」

「初昔《はつむかし》。新茶だよ！」

「そうけえ。寿命が延《の》びるようだのっ」

友七の顔に、ようやく笑みが戻った。

それを見て、お葉の胸にも、すっと初夏の爽《さわ》やかな風が吹き込んだ。

「えェ〜〜、ひやっこい、ひやっこい〜〜」

白玉《しらたま》売りが売り声を響かせながら、八幡橋を渡って行く。

夏越祓《なごしばらえ》を数日後に控《ひか》えたこの季節、深川の掘割《ほりわり》や川という川に納涼船《のうりょうせん》が行き交い、一の鳥居《とりい》前の広場には、蛍《ほたる》売り、蟲《むし》売り、扇《おうぎ》売りなどの出店が並び、その人溜を縫《ぬ》うようにして、金魚や団扇《うちわ》、花火の担《にな》い売りが通って行く。

今まさに、暑《しょ》に籠《こ》もったといった感じである。

そして、日々堂の裏庭でも、西瓜《すいか》の値を巡《めぐ》り、おせいが水菓子《みずがし》売りを相手に丁々発止《ちょうちょうはっし》と遣り合っていた。

「あたしはさァ、一個や二個の西瓜を負けろと言ってるんじゃないんだよ。売れ残った西瓜を全部まとめて買うから、つっくるみ、百五十文にしろと言って、それのどこがおかしい？　第一、もう七ツ（午後四時）を廻ったんだ。おまえさん、またしんどい想いをして売れ残りを持って帰るより、手ぶらで帰るほうがどれだけいいと思う？　おかしいかい？　あたしの言ってることが」

「全く、ねえさんにかかっちゃ敵わねえや。一個十六文の西瓜だぜ。それを十二個で百五十文だなんて、そんなことをしたんじゃ、嗅にどつかれちまう！　だが、まっ、言われてみれば、そうよなあ……。もう七ツを廻っちまったしよ。ええい、てんぽの皮！　持ってけ、泥棒《どろぼう》！」

「へへっ、有難山《ありがたやま》の時鳥《ほととぎす》！　そうこなくっちゃ。あいよ、西瓜十二個で百五十文！」

おせいが水菓子売りに銭を払う。

「けど、こんなに沢山買っちゃって、一体《いってえ》、どうするつもりなんだい？」

「案ずるには及ばないさ。うちは総勢三十五人の大所帯なんだ。これくらいの西瓜は、ちょんの間さ。だから、おまえさんもちょくちょく覗くといいよ。但し、七ツ過ぎにね！」

「やれ、また値切ろうって魂胆《こんたん》かよ。まっ、ちょくちょく覗いてみるから、これからも宜《よろ》しく頼まァ！」

「あい、承知！」

水菓子売りは井戸端まで西瓜を運ぶと、汗を拭いながら、帰って行った。

そんな光景を、おはまとおちょうが厨から眺め、互いに顔を見合わせる。

「おせいさんたら、大したもんだ！　一個十六文の西瓜を十二個で百五十文だなんて、四十二文も負けさせたんだよ。これじゃ、丸々二個、ううん、三個近くもただで貰ったようなもんだ」

おちょうが呆《あき》れたような顔をすると、おはまが嗤った。

「言えてる！　まっ、おまえには出来ない芸当だね。物心ついた頃からここで育ち、食い物では、何不自由させていないからね。正な話、金の有難味《ありがたみ》も解っちゃいない。その点、おせいは百姓の娘だからね。金は勿論のこと、食い物の有難味が解ってるんだよ。此の中、野菜や魚の仕入れをおせいに委せているが、あの娘《こ》が買いつけをするようになってからというもの、上物が安く手に入るようになったからね。青菜屋や魚屋も、おせいの目だけはごまかせないと、兜《かぶと》を脱いだんだよ」

「じゃ、おっかさんはおせいさんが来てくれて、助かったじゃないか。これで、あたしも安心して嫁に出られるってもんだ」

おちょうの言葉に、おはまがえっと目を瞬く。

「おまえ、まさか、また……」

おちょうはぷっと噴《ふ》き出した。

「ほうら、引っかかった！　てんごうを言ってみただけなのに、おっかさんたら、顔色を変えちゃって！」

「だって、おまえ……」

「当分、嫁になんか行かないから、安心していいよ。そりゃ、いつかはそんな日が来るかもしれないけど、それはまだ、ずっと先のこと……」

「二度と、角造みたいに情のない、ちゃらちゃらした男に惚れるんじゃないよ！」

「誰が角造になんか……。あんな男、もう忘れちまったよ」

「なら、いいんだけど……。あっ、ほれ、おせいが井戸で西瓜を冷やそうとしているから、おまえも手伝っておやり！」

おはまがそう言ったときである。

清太郎が木戸口から裏庭に飛び込んで来るや、燥《はしや》ぎ声を上げた。

「わっ、西瓜だ！　おせい、切っとくれよ。おいら、喉がからからだ」

おせいがおやおやと言いながら寄って行き、前垂《まえだ》れで清太郎の額を拭ってやる。

「こんなに汗だくになっちゃって……。今宵は親分ちの祝いで、皆さん、うちで祝膳を囲むことになってるんだよ。今、西瓜を食べたんじゃ、せっかくのご馳走が食べられなくなっちまうからね。それにさ、今買ったばかりで、まだ冷えていないんだよ。夕餉を済ませて、それでもまだ食べたいようだったら、湯上がりに、一口ね。但し、おねしょはなしだよ！　おせいが女将さんに頼んであげるから、それまで待っていられるよね？」

「うん、待ってる。けど、親分ちの祝いって、なんの祝いなの？」

「今宵から、古手屋に新しい家族が増えるんだよ」

「ふうん……。親分ちはうちみたいに人が大勢いないんだもんね。良かったたね！　じや、親分も寂しくなくなるんだね？」

「そうだよ。だから、顔や手足を洗って、さっぱりとして、お客さまを迎えようね」

「うん！　おいら、やっぱり、西瓜は明日でいいや。皆が食べるときに一緒に食べるよ」

「そうかえ。よく言った！　偉いね、清ちゃんは」

おせいに褒められ、清太郎は照れ臭そうに、へへっと笑った。

その夜の祝膳は、おはまやおせいが丹誠《たんせい》を込めた手料理が並んだ。

平目《ひらめ》の刺身《さしみ》に、焼物は鯛《たい》の尾頭《おかしら》付き、椀物に海老団子《えびだんご》と椎茸《しいたけ》の含め煮、瓜《うり》と若布《わかめ》の酢物、そして、なんといっても見事であったのが、おはま特製の祭《まつり》寿司であった。

これは、おはまの郷里備中《びっちゅう》の名物で、五目《ごもく》寿司の上に、海老粉、錦糸玉子《きんしたまご》、莢豌《さやえん》豆《どう》を散らし、更にその上に、寿司酢でしめた才巻《さいまき》海老や小鰭《こはだ》、焼き穴子《あなご》、木の芽などを彩《いろど》りよく配した、その名の通り、祭が来たかのように豪華な寿司である。

お美濃は友七に連れられ、気後《きおく》れしたように茶の間に入って来たが、コの字型に配された膳や、座敷の真ん中にでんと据えられた寿司桶《おけ》を見て、その華やかさに、信じられないといったふうに息を詰めた。

「さあさ、そんなところに突っ立っていないで、中にお入り。さっ、おまえさんの席はここだよ。そして、お美濃さんを挟んで、親分と女将さん……」

お葉が促す。

「いや、女将。その前《めえ》に、挨拶《あいさつ》を……」

友七がお文とお美濃に坐るようにと目まじして、深々と頭を下げる。

「今宵はこいつのために祝いの席を設《もう》けてくれて、済まなかったな……。遠慮《えんりょ》もなく、こうして三人で押しかけて来てしまったが、俺ャ、心《しん》から、有難《ありがて》ェと思ってるんだ。お葉さんよ、有難うな」

「嫌だよ、改まっちゃって……」

「いや、親しき仲にも礼儀ありだ。それで、紹介を兼ねて俺から報告させてもらうが、こいつがお美濃だ。嗅とも話し合ったんだが、お端下というより、義娘《むすめ》として引き取ることに決めたんで、ひとつまあ末永《すえなが》く、宜しく頼まァ」

お葉が、まあ、と目を輝かせ、お文を見る。

「では、お美濃さんも承知してくれたんだね？」

お文も嬉しそうに頷いた。

「ああ、最初《はじめ》は自分のような者が……、と臆《おく》していたんだがよ。あれから小伝馬町《こでんまちょう》を何度も訪ねてよ。罪を償《つぐな》ったからには、おめえはもう罪人じゃねえ、生まれ変わったつもりで、胸を張って、俺の義娘《むすめ》になればいい、と諄々《じゅんじゅん》と諭したのよ。お美濃の奴、涙を流して悦んでよ。これからは、口に出して堂々と、おとっつァんと呼べるんだね、随分永いこと、おっかさんという言葉も口にしていなかったけど、そう呼んでもいいんだねって……」

友七が鼻をぐずりと鳴らす。

すると、お文が続けた。

「そうなんですよ。実は、あたしも今日は思い切って見世を閉め、小伝馬町まで迎えに行ったんだけどね。この娘《こ》ったら、最初《はじめ》は含羞《はにか》んじまってさ……。それで、中食に両国広小路の鰻屋《うなぎや》に入ったところ、そこでいろいろと話しているうちに、次第に心を開いてくれるようになってさ。それからは、おとっつァん、おっかさんと、まあ何度、そう呼んでくれたことか……。亭主もあたしも、今まで、そんな呼ばれ方をされたことがなかったからね。おっかさん……。まあ、なんて良い響きなんだろう！　それで、亭主もあたしも俄然張り切っちまいましてね。これまでは、のんべんだらりと惰性《だせい》で生きてきたけど、これからは、この娘《こ》のために、もっと我勢《がせい》しなくっちゃやってね」

「そうだったのかえ。それは良かった。じゃ、ひとまず挨拶はこれくらいにして……。うちの者の紹介は、席についてからってことにしようじゃないか」

お葉の号令で、皆、定められた席に着いた。

そうして、おせいが酌《しゃく》をして廻り、乾杯《かんぱい》の後、お葉が徐に口を開いた。

「では、あたしからうちの者を紹介させてもらおうね。あたしが便り屋日々堂の女将、お葉だ。そして、この子が息子の清太郎。その隣が、代書をお願いしている戸田さま。戸田さまには清太郎の剣術指南もしてもらっているんだよ」

そう言うと、龍之介は面映《おもは》ゆそうに、ちょいと月代《さかやき》に手をやった。

「女将からうちの者と言われると、参ったなあ……。俺は時折日々堂を助《す》けているだけで、使用人でもなければ、親戚でもない……。それなのに、蛤町の仕舞た屋に居《い》候《そうろう》させてもらい、今宵もまた、こうして、この場に同席させてもらっているのだからよ」

「なに、おめえさんは日々堂の家族同然じゃねえか。しかもよ、現在《いま》はうちの隣に住んでるんだから、立派な隣人だ。おっ、お美濃、この顔をよく憶《おぼ》えておきな！　戸田さまは古手屋の隣に住んでるからよ。これからも、ちょくちょく顔を合わせることになるが、様子の良い男だからといって、惚れるんじゃねえぞ！　惚れたところで、高嶺の花……。戸田さまは鷹匠《たかじょう》支配《しはい》千五百石の御曹司《おんぞうし》だからよ。てめえじゃ、武家を捨てたなんてことをほざいてやがるが、腐《くさ》っても鯛……。古手屋の義娘《むすめ》なんぞ相手にしてくれねえからよ！」

僅かな酒に頬《ほお》を染め、友七が上機嫌でひょっくら返す。

「おまえさん、お止しよ！　てんごうのつもりかしらないが、お美濃が答えに詰まり、困《こう》じ果てたような顔をしてるじゃないか」

「そうだよ、親分！　何が腐っても鯛だよ。もはや、俺は千駄木とは関係ない。二度と、武家に戻るつもりはないからよ。それに、言っておくが、腐った鯛は食えやしねえ！　それより、この鯛のほうがどれだけいいか……」

龍之介がそう言い、尾頭付きの焼鯛に箸をつける。

「美味《うめ》ェ！　なっ、清太郎、美味ェよな？」

「うん、美味ェ！」

そこで、茶の間がわっと笑いの渦《うず》に包まれた。

そうして、正蔵、おはま、おちょうが紹介された後である。

お美濃の頬をつっと涙が伝った。

お文がお美濃を覗き込む。

「どうしたえ？」

お美濃は胸の間から紅絹《もみ》の布を取り出すと、そっと目頭を拭った。

薄紅色《うすべにいろ》の地に井桁絣《いげたがすり》の単衣は、今日の日のために、お文が見世の着物の中から見繕《つくろ》ったものだろう。

鶯色《うぐいすいろ》と黒の昼夜帯《ちゅうやおび》をきりりと締め、その姿は、お美濃を町娘のように初々《ういうい》しく見せていた。

「あたし、嬉しくって……。だって、女将さんと清太郎さんの仲睦《なかむつ》まじい姿や、おちょうさんを見ていると、血は繋がらなくても、実の親子以上に、信頼し合えるんだなって……。あたし、親分、ううん、おとっつァんから日々堂のことを聞きました。清太郎さんもおちょうさんも、血を分けた親子以上に、女将さんや宰領のことを慕《した》っている、おめえだって、それが出来るんだ、勇気を出して、俺たちの懐《ふところ》に飛び込んで来なって……。あたし、本当に、そんなことが出来るんだろうかと、まだ半信半疑《はんしんはんぎ》でいたんです。でも、こうして、皆さんの姿を目にして、目から鱗《うろこ》が落ちたような気がしました。ああ、一歩前へと突き出れば、あたしにも幸せが摑めるかもしれない。あたし、あたし……。生涯、家族にも幸せにも、縁がないと思っていたから……」

お美濃が声を顫わせ、激しく肩を揺らす。

「莫迦だね、お美濃は……。目出度《めでた》い席に、涙は禁物《きんもつ》だよ」

お文がお美濃の肩に、そっと手をかける。

お美濃は涙を拭い、はい、と頷いた。

そのとき、お葉はおやっと目を瞠《みは》った。

今まで俯《うつむ》き加減《かげん》だったので気づかなかったが、お美濃の左目の下に、小さな黒子《ほくろ》が一つ……。

泣き黒子である。

その刹那、お美濃の半生を垣間見たように思った。

数々の辛酸《しんさん》を嘗めてきたであろう、お美濃……。

だが、もう、辛い涙とはお別れだ。

これからは、嬉しい涙だけ、流したらいい。

そのために、友七親分やあたしがついているのだからさ……。

お葉は胸の内で呟いた。

「おう、目出度《めでて》ェな！　目出度ェ、目出度ェ、今宵の酒は極上上吉《ごくじようじようきち》！」

短夜《みじかよ》、友七のうわずった声が、葭障子《よししようじ》を縫って、厨へと響き渡る。

板の間から、わっと笑い声が上がった。

どうやら、店衆《たなし》も、幸せのお裾分《すそわ》けに与《あずか》っているようである。

## 解説――「生命《いのち》」をテーマに

（文芸評論家）縄田一男《なわたかずお》

本書『泣きぼくろ』は、二〇〇九年、祥伝社文庫から刊行された『夢おくり』に続く今井絵美子《いまいえみこ》の新シリーズ〈便り屋お葉《よう》日月抄〉の第二弾である。

と、ここまで書いて、私の筆はうまく進みそうもない。ゆくりなくも、いま、私は東北関東大地震の報道を見ながら、この稿を書いているからだ。私の危機意識の低さからか、地震大国日本といわれながら、まさか、自分が生きているうちに、関東大震災をしのぐ、いや、世界でも類を見ない大惨事が日本を見舞うとは思わなかった。万単位の死者・行方不明者、そして福島原発のメルトダウン等々――。

それらのことで筆が迷ってしまうのは、〈便り屋お葉日月抄〉という連作が「生命」をテーマとしているからに他ならない。

今回いきなり、本書の核心から書きはじめざるを得ないので、解説を読んでいる方は、本文の方から、そして、第一弾『夢おくり』を読んでいない方は、まず、こちらをお求めになって、二冊を順番に読んでいただきたい。面白さ——というと語弊《ごへい》があるかもしれないが——の質が前述の「生命」というテーマと結びついて、作中人物の背負っているさまざまな思いが、単なる娯楽小説の域を越えていると考えることができるからだ。

　ヒロインのお葉は、かつて喜久治《きくじ》という売れっ子の辰巳《たつみ》芸者だったが、便り屋日々《にちにち》堂《どう》の主人、甚三郎《じんざぶろう》と恋に落ち、その後添えとなるも、新所帯を持ってわずか半年後に夫は急死。先妻の子、清太郎《せいたろう》の母として、また、夫の遺志を継ぐ便り屋の女主人として生きていく覚悟を決める。そして、甚三郎の通夜と野辺送り、さらにはその後も、一切、休業をしなかった。何故なら、便りとは、人の思いや夢を、そして「生命」を届けるものだから——。

　が、それだけではない。第一集の表題作「夢おくり」で、お葉の苦しみに満ちた過去が明らかにされているのだ。彼女は、太物《ふともの》商の一人娘として生まれ、乳母日傘《おんばひがさ》で育てられたが、十歳の時、母久乃《ひさの》が金箱の中の百両を持って怪し気な陰陽師《おんみようじ》と駆け落ち。やむなく、高利の金に手を出したのが祟《たた》って、店の資金ぐりが滞《とどこお》ってしまう。このままでは累がお葉にまで及ぶと考えた父嘉次郎《かじろう》は、身代《しんだい》限りを宣言し、見世屋敷を売りに出し、借財を済ませると、奉公人たちに金を分け与え、首を括《くく》る。それを知ったお葉は、「おとっつァん、いつか必ずおっかさんを見つけ出し、あたしがおとっつァんの恨《うら》みを晴らしてやるからね！」と決意する。そして、蛤《はまぐり》町の親分・友七《ともしち》の世話で、男女の愛憎、修羅《しゅら》、怨恨が渦巻く花街で暮らし、恨みからは何も生まれないことを知るのである。さらには、許してこそ初めて自分も救われることを知るのである。

この瞬間は正にお葉が、「生命」は奪うものではなく、我が身でしっかりと受けとめるものであることを知ったそれではあるまいか。

そしてこのテーマが最もよくあらわれているのが、本書収録の「冬草」と表題作「泣きぼくろ」ではないのか。

前者では、自分の、いや自分と夫の不始末から三歳の一人娘を水死させてしまった葉茶屋問屋の内儀お町《まち》が、年に一度、奇行にはしるところから物語がはじまる。折しも、清太郎の剣術の先生、戸田龍之介《とだりゅうのすけ》や、第一集の『夢おくり』所収の「誇り」で登場したおてるの住む裏店が、集団流行風邪《はやりかぜ》――いまでいうインフルエンザであろうか――により閉鎖され、既に死者が三名、高熱のある者が十二名となっている。その死んだ三名の中に労咳《ろうがい》だったおてるの父が、高熱のある者の中に弟がいるのである。

おてるは、第一集で、品川で飯盛女をしている母親に手紙を届けたい、と便り屋にきた少女である。

そしてここからお葉の逝《い》く「生命」を救うための奮闘がはじまり、おてると上の弟・良作《りょうさく》は「生命」を永らえることができる。これは第一集の解説で小梛治宣《おなぎはるのぶ》氏が指摘しているが、作者の子供の描き方は実にうまい。おてるがお葉を裏店《うらだな》に入れまいと「手足を大の字に広げる」シーンや、皆が、父や弟が死んだのに、自分だけこんな馳走を食べてよいものか、と料理を食べない良作の、その心中を思いやってやるシーン等々どうだろうか。後者は要は想像力の問題である。想像力とは何事かを空想したり、夢想したりする力ではない。基本は人の心を思いやることにある。従って現代で起こる理由の分からない殺人――その中には家族間での想像力の欠落した人間同士の殺し合いもある――は、想像力を持たぬ者の凶行であるともいえる。そこから、江戸を私たちの時間軸をさかのぼったユートピアとしてとらえる人情小説が、近年多く書かれている。

が、今井絵美子のような真の作家は知っている――そのユートピアがどのような人々の痛みの上に成り立っているのかを。そしてお葉は、敢《あ》えておてるたちには、あまりにも悲惨なもう一つの死については何も教えない。それは、一つには、おてるがかつての自分のように、「生命」は、奪い、奪われるものである、と恨みを抱えて生きてもらいたくない、からであろう。そして、肉親の「生命」を喪《うしな》った者同士が傷だらけの心を止揚させていくラストの素晴らしさはどうであろうか。

一方、表題作「泣きぼくろ」は、父と母の違いこそあれ、恨みを捨てなければ自分もこうなっていたかもしれない、という、もうひとりのお葉の物語である。ぎりぎりのところで叫んだ「おとっつァん！」という声を無残にも打ち砕《くだ》かれたお美濃《みの》の心の痛み、いかばかりか。だが、ここにも確実に痛みを受けとめながら新たな一歩を踏み出す者がいる。そして彼女もやがてこう思うようになるだろう——「生命」は受けとめるものである、と。

この他に本書には、甚三郎の霊のちょっとした悪戯が店の宰領正蔵《しょうぞう》の娘、おちょうの急難を救ったとしか思えない「刺青」や、おてるに対する便り屋の皆の思いやりと、かつてお葉が芸者だった時のお端下、いや恩人ともいえるおせいを窮地から救い出す話を二つながらに描き、恨みの中にユーモアすら感じさせる「恋猫」、そして、龍之介の過去と、ここにも「生命」は受けとめるものであることに当て、目覚めることなく、辻斬りまでに堕した剣友の最期、さらには、これからのお葉と龍之介はどうなっていくのか、今後の展開に期待を持たせる「花の雨」が収録されている。

生きることはむずかしい。まして逝った人々の「生命」を受けとめて、その人たちの分まで、美しく誇りを持って生きることは——。この汚濁に満ちた平成の世に人間の醜《みにく》さを書くことは、容易である。しかしながら、人間の美しさを、リアリティを持って描くことはむずかしい。が、今井絵美子は敢えてそのむずかしい道を選んだ、といっていい。

余談だが、つい先程、福島の知人のひとりとようやく連絡がついた。現実の重さと小説の美事さの狭間にあって、ひとりでも多くの「生命」が無事であることを祈らずにはいられない。

泣きぼくろ

一〇〇字書評

切り取り線

**購買動機**（新聞、雑誌名を記入するか、あるいは○をつけてください）

□（　　　　　　　　　　　　　）の広告を見て
□（　　　　　　　　　　　　　）の書評を見て
□ 知人のすすめで　　□ タイトルに惹かれて
□ カバーが良かったから　　□ 内容が面白そうだから
□ 好きな作家だから　　□ 好きな分野の本だから

・最近、最も感銘を受けた作品名をお書き下さい

・あなたのお好きな作家名をお書き下さい

・その他、ご要望がありましたらお書き下さい

| | | | | | |
|---|---|---|---|---|---|
| 住所 | 〒 | | | | |
| 氏名 | | 職業 | | 年齢 | |
| Eメール | ※携帯には配信できません | | 新刊情報等のメール配信を 希望する・しない | | |

この本の感想を、編集部までお寄せいただけたらありがたく存じます。今後の企画の参考にさせていただきます。Eメールでも結構です。

いただいた「一〇〇字書評」は、新聞・雑誌等に紹介させていただくことがあります。その場合はお礼として特製図書カードを差し上げます。

前ページの原稿用紙に書評をお書きの上、切り取り、左記までお送り下さい。宛先の住所は不要です。

なお、ご記入いただいたお名前、ご住所等は、書評紹介の事前了解、謝礼のお届けのためだけに利用し、そのほかの目的のために利用することはありません。

〒一〇一-八七〇一
祥伝社文庫編集長 坂口芳和
電話 〇三（三二六五）二〇八〇

祥伝社ホームページの「ブックレビュー」からも、書き込めます。
http://www.shodensha.co.jp/bookreview/

祥伝社文庫

泣《な》きぼくろ　便《たよ》り屋《や》お葉日月抄《ようにちげつしょう》

平成23年4月20日　初版第1刷発行
平成29年5月25日　　　第2刷発行

著　者　今井絵美子《いまいえみこ》

発行者　辻　浩明

発行所　祥伝社《しょうでんしゃ》
東京都千代田区神田神保町3-3
〒101-8701
電話　03（3265）2081（販売部）
電話　03（3265）2080（編集部）
電話　03（3265）3622（業務部）
http://www.shodensha.co.jp/

印刷所　萩原印刷
製本所　ナショナル製本
カバーフォーマットデザイン　中原達治



Printed in Japan ©2011, Emiko Imai　ISBN978-4-396-33667-7 C0193

# 祥伝社文庫の好評既刊

今井絵美子　**夢おくり**　便り屋お葉《よう》日月抄①

「おかっしゃい」持ち前の俠《きゃん》な心意気で邪《よこしま》な思惑を蹴散らした元辰巳芸者・お葉。だが、新たな騒動が！

今井絵美子　**泣きぼくろ**　便り屋お葉日月抄②

父と弟を喪《うしな》ったおてるを励ますため、お葉は彼女の母に文を送るが、そこに新たな悲報が……。

今井絵美子　**なごり月**　便り屋お葉日月抄③

日々堂の近くに、商売敵《がたき》・便利堂《べんりどう》が。店衆《たなし》が便利堂に大怪我を負わされ、痛快な解決法を魅せるお葉！

今井絵美子　**雪の声**　便り屋お葉日月抄④

お美濃《みの》とお楽《らく》が心に抱えた深い傷に気づいたお葉は、一肌脱ぐことを決意するが……。〝泣ける〟時代小説。

今井絵美子　**花筏**《はないかだ》　便り屋お葉日月抄⑤

日々堂で代書をする龍之介《りゅうのすけ》は、儘《まま》ならぬ人生の皮肉に悩んでいた。悩み迷う人々を、温かく見守るお葉。

今井絵美子　**紅染月**《べにそめづき》　便り屋お葉日月抄⑥

龍之介の朋輩《ほうばい》、三崎《みさき》の許婚《いいなずけ》の登和《とわ》は耳を疑う告白を……。意地を張って泣くことも、きっと人生の糧《かて》になる！

# 祥伝社文庫の好評既刊

今井絵美子　**木《こ》の実《み》雨**　便り屋お葉日月抄⑦

祝言を挙げて以来、道場に来ない三崎。そんな中、日々堂の宰領《さいりょう》の娘に大店の若旦那との縁談が……。

今井絵美子　**眠れる花**　便り屋お葉日月抄⑧

店衆の政女《まさじょ》を立ち直らせたい——情にあつい女主人の心意気に、美味しい料理が花を添える。感涙の時代小説。

今井絵美子　**忘憂《わすれ》草**　便り屋お葉日月抄⑨

「家を飛び出したきりの息子を捜して欲しい」——源吾《げんご》を励ますお葉。江戸に涙と粋の花を咲かす哀愁情話。

今井絵美子　**友よ**　便り屋お葉日月抄⑩

日々堂の戸田龍之介の許を小弥太の姉が訪れた。弟が失踪したという。噂では小弥太の子は妻の不義の子だと……。

宇江佐真理　**おぅねぇすてぃ**

文明開化の明治初期を駆け抜けた、若い男女の激しくも一途な恋……。著者、初の明治ロマン！

宇江佐真理　**十日えびす**　花嵐《はなにあらし》浮世《よのなか》困話《こんなもの》

夫が急逝し、家を追い出された後添《のちぞ》えの八重《やえ》。実の親子のように仲のいいおみちと日本橋に引っ越したが……。

# 祥伝社文庫の好評既刊

# 祥伝社文庫の好評既刊

岡本さとる　**茶漬け一膳**　取次屋栄三⑤

この男が動くたび、絆《きずな》の花がひとつ咲く！　人と人とを取りもつ〝取次屋〟の活躍を描く、心はずませる人情物語。

岡本さとる　**妻恋日記**　取次屋栄三⑥

亡き妻は幸せだったのか？　日記に遺《のこ》された若き日の妻の秘密。老侍が辿《たど》る追憶の道。想いを掬《すく》う取次の行方は。

岡本さとる　**浮かぶ瀬**　取次屋栄三⑦

神様も頬《ほお》ゆるめる人たらし。栄三の笑顔が縁をつなぐ！　取次屋の心にくい〝仕掛け〟に、不良少年が選んだ道とは？

岡本さとる　**海より深し**　取次屋栄三⑧

「キミなら三回は泣くよと薦められ、それ以上、うるうるしてしまいました」女子アナ中野《なかの》佳也子《かやこ》さん、栄三に惚れる！

岡本さとる　**大山まいり**　取次屋栄三⑨

ほろっと来て、笑える！　極上の人生劇場。涙と笑いは紙一重。栄三が魅せる〝取次〟の極意！

岡本さとる　**一番手柄**　取次屋栄三⑩

どうせなら、楽しみ見つけて生きなはれ。じんと来て、泣ける！〈取次屋〉誕生秘話を描く、初の長編作品！

# 祥伝社文庫の好評既刊

岡本さとる
## 情けの糸　取次屋栄三⑪

断絶した母子の闇を、栄三の取次が明るく照らす！　どこから読んでも面白い。これぞ読み切りシリーズの醍醐味。

岡本さとる
## 手習い師匠　取次屋栄三⑫

栄三が教えりゃ子供が笑う、まっすぐ育つ！　剣客にして取次屋、表の顔は手習い師匠の心温まる人生指南とは？

岡本さとる
## 深川慕情　取次屋栄三⑬

破落戸《ならずもの》と行き違った栄三郎。その男、居酒屋〝そめじ〟の女将・お染《そめ》と話していた相手だったことから……。

岡本さとる
## 合縁奇縁《あいえんきえん》　取次屋栄三⑭

凄腕《すごうで》女剣士の一途《いちず》な気持ちに、どう応える？　剣に生きるか、恋慕をとるか。ここは栄三、思案のしどころ！

岡本さとる
## 三十石船　取次屋栄三⑮

大坂の野鍛冶の家に生まれ武士に憧れた栄三郎少年が、いかにして気楽流剣客となったか。笑いと涙の浪花人情旅。

岡本さとる
## 喧嘩屋《けんかや》　取次屋栄三⑯

平塚に旧友を訪ねた栄三郎。力士くずれの用心棒だった彼の余りの変貌ぶりを心から喜んだ栄三郎だったが……。

# 祥伝社文庫の好評既刊

岡本さとる　**夢の女**　取次屋栄三⑰

旧知の女の忘れ形見を預かることになった栄三郎。父のように自分を慕う娘に栄三郎の心は揺れ動き……。

坂岡　真　**のうらく侍**

やる気のない与力が正義に目覚めた！　無気力無能の「のうらく者」葛籠《つづら》桃之進が、剣客として再び立ち上がる。

坂岡　真　**百石手鼻《ひやっこくてばな》**　のうらく侍御用箱②

愚直に生きる百石侍。桃之進が惚れ込んだその男に破落戸《ごろつき》殺しの嫌疑が⁉　桃之進、正義の剣で悪を討つ‼

坂岡　真　**恨み骨髄**　のうらく侍御用箱③

幕府の御用金をめぐる壮大な陰謀が判明。人呼んで〝のうらく侍〟桃之進が金の亡者たちに立ち向かう！

坂岡　真　**火中の栗**　のうらく侍御用箱④

乱れた世にこそ、桃之進！　世情の不安を煽り、暴利を貪り、庶民を苦しめる悪を〝のうらく侍〟が一刀両断！

坂岡　真　**地獄で仏**　のうらく侍御用箱⑤

愉快、爽快、痛快！　まっとうな人々を泣かす奴らはゆるさねえ。奉行所の「芥溜《あくただまり》」三人衆がお江戸を奔《はし》る！